会聚文丛

脉望夜谭（增订版）

江晓原 著

上海科学技术文献出版社
上海图书馆

图书在版编目（CIP）数据

脉望夜谭 / 江晓原著．—增订版．—上海：上海科学技术文献出版社，2017
（合众文丛）
ISBN 978-7-5439-7493-7

Ⅰ．①脉…　Ⅱ．①江…　Ⅲ．①随笔—作品集—中国—当代　Ⅳ．①I267.1

中国版本图书馆 CIP 数据核字 (2017) 第 172484 号

总 策 划：梅雪林
责任编辑：王倍倍
封面设计：右序设计

丛书名：合众文丛
书　名：脉望夜谭（增订版）
江晓原　著
出版发行：上海科学技术文献出版社
地　　址：上海市长乐路 746 号
邮政编码：200040
经　　销：全国新华书店
印　　刷：常熟市人民印刷有限公司
开　　本：787×1092　1/32
印　　张：9
字　　数：151 000
版　　次：2017 年 8 月第 1 版　2017 年 8 月第 1 次印刷
书　　号：ISBN 978-7-5439-7493-7
定　　价：36.00 元
http://www.sstlp.com

目　录

性

艺

史

前　言

脉望者，书虫也；夜谭者，夜深人静之际娓娓闲谈也。本书为一爱书之人所述种种与书有关之逸闻趣事，书多稀见奇特之书，人皆与众不同之人，事皆亲身经历之事。笔者平生有两大毛病，一曰好古成癖，二曰不务正业，此固自嘲之辞，幸无不良后果，但在本书中确有充分反映。

“脉望夜谭”最初是我在《博览群书》杂志上应邀写的专栏，后承复旦大学出版社贺圣遂社长青眼，命集结成书，当时就用了《脉望夜谭》作为书名，由复旦大学出版社出版，共收23篇。

出版之后，我又有一段时间在《第一财经日报》上续写这一专栏，就取名“脉望夜谭·II”，又得17篇。

现在这个增订版，将两次“脉望夜谭”专栏文章合成一帙，共40篇。重新分类编排，不再受发表先后的约束，而是分为“诗”“性”“艺”“史”四辑。这样读者选择阅读时更为方便。

《脉望夜谭》以谈书为主，有时也兼及相关的人和事。所谈之书与人，都是当时并不流行或有名的。这种原则，最初只是因写专栏时追求特色，后来受到一小部分读者喜欢，时加鼓励，自己也感觉有些趣味，就敝帚自珍，延续了下来。

作为一个积年书虫，又过着学术生涯，基本上日日与书为伴。但读书之事，实有多种状态，不可一概而论也。

有时是读无趣之书，却不得不勉为其难，比如奉命审阅某书提交意见，或查阅研究资料中虽然无趣却又不得不读的部分。有时是替人读书，比如应邀、奉命、碍于情面——总之是自己答应了——评论某书，出于“独立书评人”的“职业道德”，当然也不能无原则地吹捧或贬抑，即便书不是我喜欢的主题或类型，也不得不耐心读之。

而《脉望夜谭》中的书，则全无上述情形，书纯属因兴趣而读之书，文亦属因兴趣而撰之文。如此读书状态，方为书虫赏心乐事。

江晓原

2017年4月21日

于上海交通大学科学史与科学文化研究院

诗

“花前白发风怀尽，不是销魂是断魂”

——关于《海藏楼诗集》

在20世纪上半叶，中国颇出了几个会作诗的汉奸，其中诗名最大的据说是汪精卫(兆铭)、梁鸿志(众异、仲毅)、黄濬(秋岳)、郑孝胥(苏堪、苏戡、苏龛)四人。这些人的诗作，通常都不易见到。

其中汪精卫的《双照楼诗词稿》我曾寓目。汪作为汉奸名声最大，但作为诗人，总的来说只是还过得去而已，缺乏令人印象深刻的佳作。姑举其《浪淘沙·红叶》一首为例：

江树暮鸦翻，千里漫漫，斜阳如在有无间。临水也知颜色好，只是将残。

秋色陌头寒，幽思无端，西风来易去时难。一夜杜鹃啼不住，血满关山。

无论从格调还是遣词造句来看，都乏善可陈，基本上属于无病呻吟之作。

梁鸿志的《爰居阁诗》尚未及见；黄秋岳诗只见过零星作品，不过如《感事诗一百十韵》这样的长篇五言排律，概述清朝史事，倒是确有可观。

《海藏楼诗集》

已经得到中国大陆地区出版社整理出版的，目前似乎只有郑孝胥的《海藏楼诗集》。

郑孝胥(1860～1938)之为汉奸也，以前清遗老而出任伪满洲国“总理大臣”，特叙勋一位，赐景云章，其“汉奸之路”与汪、梁、黄三人皆有不同。而作为诗人，他的成就可算是上述四人中最高的。

郑孝胥被视为“同光体”诗人领袖之一，同时代人对其诗颇多赞誉。张之洞称赏郑诗，有“郑苏堪是一把手”之语（此处为“是一把好手”之意，非今日官场习见之“第一把手”之谓也）。金天羽谓郑诗“睥睨一世，正不必以辋川、四灵相比附，而自成为海藏之诗，足千古矣”。汪国垣有《光宣诗坛点将录》，借用《水浒》梁山好汉一百零八将座次，品评当时诗人成就高下，给郑孝胥的位置竟是第二号人物“天罡星玉麒麟卢俊义”。

郑孝胥诗号“海藏”，有些来历。在1923年之前，郑孝胥曾有很长时间隐居上海，筑楼自居，号“海藏楼”。表面上看当然是来自苏轼“惟有王城最堪隐，万人如海一身藏”之句。他自己诗中也有“四围山海一身藏，历落嵚崎自笑狂”等句。最能表现“海藏楼”取义之作，可举其《海藏楼试笔》一诗：

> 沧海横流事可伤，陆沉何地得深藏？廿年诗卷收江水，一角危楼待夕阳。窗下孔宾思遁世，洛中仲道感升堂。陈编关系知无几，他日谁堪比辨亡？

这年郑孝胥38岁，他正式成为汉奸，还是三十多年之后的事情，此时的郑孝胥尚不乏忧时愤世之意，也有济时用世之心，一直在等待时机施展抱负。此年的另一首诗《九日五层楼登高》也反映了类似情怀：

市楼便是登高地，我辈方随行路人。一醉不辞中酒病，九秋还斗百年身。书来兄弟颜俱瘦，愁里江山事更新。红紫打围须未老，可能摩眼向风尘？

郑孝胥年轻时即崭露头角，23 岁那年（1882 年）中福建省乡试第一名，同榜中举的还有陈衍（石遗）和林纾（琴南）两大未来的名人。汪国垣说曾见郑孝胥早年有一首为他人题扇之诗：

山如旗鼓开，舟自南塘下。海日生未生，有人起长夜。

汪国垣谓此诗“凌厉无前，寄意深远，细细味之颇有刘越石闻鸡起舞之意”，信非虚语。但后来郑孝胥编《海藏楼诗》，却未将此诗编入。

这首题扇诗中的“有人起长夜”之句，牵涉郑孝胥生平一件隐秘之事——“夜起”。在郑孝胥的日记和诗集中，“夜起”的记载和题咏经常可见，比如《中秋葫芦岛夜起》《六月二十一日夜起》等等，姑举后一首为例：

林暗幽光起，楼高碧落通。微风成独夜，凉月亦凌空。草草随残劫，纷纷谁长雄？死棋聊插手，吾道若为东。

夜深人静，不眠而起，自然思绪万千，感慨良多。问题是郑孝胥为何经常要“夜起”？以今人生活度之，导致“夜起”者，不外失眠、加班、洲际航空旅行后调整时差，后两项郑孝胥当年的生活中不会有；据其日记和诗集来看，他似乎也未受到失眠的困扰。那么他为何经常“夜起”？而且此一习惯在他周围的朋友中广为人知。

张荣明教授有“鹤知夜半：郑孝胥的隐秘情结”一文，考证此事颇有说服力。大意为：郑孝胥一直称自己是“白鹤转世”——这在中国古代是一个高华典雅的意象，为此郑孝胥从不吃任何鸡鸭禽鸟之肉，表示“物伤其类”。而在中国古代的传说中，有“鹤知夜半”之说，谓鹤能够知道夜半时刻的来临。所以郑孝胥经常“夜起”并让此事广为人知，其目的和不吃鸡鸭禽鸟之肉一样，意在为自己的“白鹤转世”提供证明。

可以对张文稍有补充的是，其实知识分子中喜欢深夜工作的颇有人在，或许郑孝胥恰好也是这样的人，但他处心积虑将一个“白鹤转世”的神话附会在自己这一习惯上，以求产生神化自己的效果。

关于郑孝胥之“夜起”，他的同时代人还有更加娱乐化的解释。郑孝胥沦为汉奸之后，昔日的同乡知己陈衍这样谈论他的“夜起”：

> 苏堪堂堂一表，而其妻乃淮军将领之女，秃发跛足，侏身麻面，性又悍妒无匹，苏堪纳妾……中宵即起，托辞锻炼筋骨，备万一起用上阵，实就其妾宿也。为妻所破，诟谇之声，闻于户外。苏堪大言欺世，家之不齐，安能救国乎！

这段说法，深合今日小报娱乐版八卦之旨，但张荣明教授已经指出，其说不足采信，至少是严重以偏概全的。因为郑孝胥与妾相处不过两年，同居不过半年，而他的“夜起”习惯则保持了几十年。

郑孝胥的这位妾，是当年沪上有名的女演员金月梅，据说她“妖冶绝伦”，郑孝胥对她十分倾心。虽然两人没有多久就分手了，但钱仲联认为“海藏楼诗时有涉及梅花者，大半感金月梅而发”。郑孝胥曾有赠金月梅题扇诗九首，姑举其二为例：

收拾闲情忏少狂，自怜积习总难忘。楼中见月牵残梦，江介寻梅触暗香。尘劫坠欢殊黯黯，楚天回首转茫茫。春来一种怀人味，不待箜篌始断肠。（其三）

一见能令万恨消，今年端复得今朝。相逢梦续西楼雨，有信人归歇浦潮。已为难言成脉脉，可堪轻别更迢迢。知君不是章台柳，好向春风惜舞腰。（其七）

郑孝胥诗经常被许为“清切”、“清寂淡远”，但从上面“春来一种怀人味，不待箜篌始断肠”、“相逢梦续西楼雨，有信人归歇浦潮”等句看来，他一旦堕入情网，艳诗也能做得不错。不过他编定《海藏楼诗》时，这些艳诗也未编入。

海藏楼主人正式成为汉奸，应该从1932年伪满洲国成立算起（尽管此前他和溥仪小朝廷勾勾搭搭已有十年光景），那时他已经72岁，他的生命只剩下六年了。然而正是这六年使他身败名裂，从此被钉在历史的耻辱柱上。1934 年，在筹备溥仪“登极典礼”时，郑孝胥赋诗二首：

笼沙月色三千里，苏子风流九百年。忠义文章自相感，何殊謦咳接先贤。

天骄去后凤麟至，四座群贤尽霸才。并赵歌声君莫厌，繁弦急鼓送春来。

从诗意看，他对自己的政治抉择没有什么痛苦或遗憾。如果仅就诗歌技巧而言，这两首应景之作应该算是不错的。但诗中隐然以苏轼自况(郑孝胥经常如此)，在这个场合有点不伦不类。而从政治角度言之，为伪政权颂赞粉饰，则是不可原谅的了。

《海藏楼诗集》，郑孝胥著，上海古籍出版社，2003 年 8 月第 1 版，定价：50 元。

谁能只手评优劣，李杜曾经不入流

——《唐人选唐诗十种》之业余统计学

1978年，上海古籍出版社重印了《唐人选唐诗十种》（初版于1958年），小32开平装本，上下两册，共2.35元——这在当时就算比较贵的书了。曾经有一段时间，这是我相当喜欢把玩的闲书之一。

《唐人选唐诗十种》

所谓十种，其中有两种稍特殊些，即被列为第一种的《唐写本唐人选唐诗》，原是敦煌卷子中的残卷，已不完整；以及被列为第十种的《搜玉小集》，唐文学专家认为传世的版本也已不完整，可能只是原先的一小部分。而且这两种选集的编者和编成年代都未留下明确信息，今人只能根据集中所收作品的作者，来约略推断其编成年代。

关于《唐人选唐诗十种》在唐代诗歌文学研究上的价值，专家们早已有过许多论述。其中比较有趣的一个方面，是注意到诗人名望地位的变迁。

这原是很容易发现的现象——有些在现代人撰写的文学史上仅算二三流甚至不被提到的诗人，在唐代选本中却有大量作品入选；而有些如今被认为是第一流的诗人（比如李白和杜甫），在多种唐代选本中甚至一首作品也未入选。当然，要由此来推论诗人文学地位的变迁，需要有一个简单化的假设：入选作品越多地位就越高。这个假设其实肯定会有例外，但是在一般情况下，我们确实也不妨使用它。

以我业余闲览之所见，有些从《唐人选唐诗十种》来讨论诗人名望地位变迁之作，其推论之法似乎尚未尽善。要是按照所谓“理科方式”来处理，我尝试如下操作：

第一步：确定人选。李白和杜甫是当然人选。这是因为：李、杜现今名望甚大，被公认为“第一流诗人”，堪为代表或象征；他们的年代（701～762 年、712～770 年）又使他们可以成为《唐人选唐诗十种》中大部分选本的正常选项——如果年代晚了，那些选本编选时诗人尚未成名或出生（比如 772～846 年的白居易），就无法成为正常选项。

第二步：从《唐人选唐诗十种》中统计李白、杜甫诗的入选情形。为此先将这十种唐代选本的年代——包括设法推断的——依次开列如下：

《国秀集》：天宝三年（744 年）

《河岳英灵集》：天宝十二年（753 年）

《唐写本唐人选唐诗》：不晚于天宝末年（755）

《搜玉小集》：不晚于天宝末年（755）

《箧中集》：乾元三年（760 年）

《中兴间气集》：大历十四年（779 年）

《御览诗》：元和元年～十二年（806～817 年）间

《极玄集》：约唐文宗时（827～840 年）

《又玄集》：光化三年（900 年）

《才调集》：后蜀时（934～965 年）

上列十种选本中，《唐写本唐人选唐诗》和《搜玉小集》不宜使用，因为现有选本已属残缺，即使知道李白诗入选多少（比如《唐写本唐人选唐诗》入选李白诗 34 首），由于总入选数量已不得而知，就无法判断李白诗在其中的比例。其余八种则各项条件都符合要求，可以使用。

第三步：选择后来的唐诗选本，统计李白、杜甫诗的入选情形。最简单的就是选择清代的《唐诗别裁集》（1763年重订）和《唐诗三百首》（1763年编成）。

统计结果归纳为下表：

集　　名	李白诗数	杜甫诗数	收诗总数	李白占比%	杜甫占比%
《国秀集》	0	0	220	0	0
《河岳英灵集》	13	0	229	5.7	0
《箧中集》	0	0	24	0	0
《中兴间气集》	0	0	134	0	0
《御览诗》	0	0	286	0	0
《极玄集》	0	0	96	0	0
《又玄集》	4	7	297	1.3	2.4
《才调集》	28	0	1 000	2.8	0
《唐诗别裁集》	140	205	1 928	7.3	10.6
《唐诗三百首》	26	33	317	8.2	10.4

从上表看，李白、杜甫地位的变化一目了然：在公元900年之前的6种选本中，杜甫竟全未入选，李白也有5种

不得入选。在他们身后过了一个多世纪，到晚唐的选本中，李、杜才开始有了一席之地。而到了清代，他们就已经稳居“第一流诗人”的地位了。杜甫的地位变化更为显著。

至于李白、杜甫在诗歌文学上的地位，生前为何如此之低，后来又为何逐渐上升直至成为“第一流诗人”？那就要写学术论文去研讨了——早已经有许多人讨论过了，我这篇小文就不承担这种任务了。

在本文剩下的篇幅中，能够做的比较有趣的事情，是从《唐人选唐诗十种》中看看，当年那些入选作品多、地位高、名望大，而在今天的文学史中已经沦为二三流甚至不被提到的诗人，他们当年入选的“热门作品”或“流行作品”，是如何光景。

比如《御览诗》，原是唐宪宗下令编选的“当代名家诗选”，其中入选最多的两人是卢纶（32 首）和李益（36 首）。入选此集，看来在当时还是相当荣耀的事情，卢纶的诗入选此集，他的墓碑上特别提到了此事，而且强调了“奏御者居十之一”——入选的诗中他的作品占了十分之一（在现今的文本中事实上还超过了一点，达 11.2%）。

到了清代的《唐诗别裁集》和《唐诗三百首》中，卢纶分别入选15首(百分之一都不到了)和6首，李益分别入选18首和3首。而在今天的文学史上，这两人都已经沦为二三流诗人，有些文学史中连卢纶的名字也找不到了。

从《御览诗》中两人入选的诗来看，卢纶更用世，李益更伤感。比如卢纶的《皇帝感词》四首之三：

> 妙算干戈止，神谋宇宙清。两阶文物盛，七德武功成。校猎长杨赋，屯军细柳营。归来献明主，歌舞满春城。

一派颂圣之辞，今天看来确实乏善可陈。宪宗为中兴之主，后人评价唐代历朝皇帝，宪宗得与太宗、玄宗并列，相传他儿时有“我是第三天子”之语，很像预言。当时宪宗受用了许多歌功颂德，卢纶只是这些颂歌合唱中的一员而已。当然，他也有更具文学性的作品，比如的《长安春望》：

> 东风吹雨过青山，却望千门草色闲。家在梦中何日到，春来江上几人还。川原缭绕浮云外，宫阙参差落照间。谁念为儒逢世难，独将衰鬓客秦关。

也不外文人的老生常谈。前面一首极力颂圣，将现实粉饰得仿佛尧天舜日，这一首中却又说“逢世难”，自伤怀抱起来。不知“奏御”之后，宪宗看了会不会微有不悦?

李益看来是个风流倜傥之人，从他入选《御览诗》中的作品看，他似乎相当自恋，经常揽镜自照，“生涯在镜中”、“莫遣行人照容鬓，恐惊憔悴入新年”。下面这两首是他比较优美的作品：

湘江斑竹枝，锦翅鹧鸪飞。处处湘云合，郎从何处归?（《鹧鸪词》）

柳花吹入正行舟，卧引菱花信碧流。闻道风光满扬子，天晴共上望乡楼。（《行舟》）

在船上躺着，还不忘记照镜子。虽然在这类作品的默认语境中，这个“卧引菱花”的人通常是一个美女，但从下文“天晴共上望乡楼”来看，更像是李益的夫子自道。

替皇帝选诗“恭呈御览”，照理应该是比较严肃的事情，入选的那些诗大部分应该是当时公认的佳作。但现在看来，《御览诗》中的入选作品颇多平庸之作——上面录出的四首，是我已经尽力挑选的优美之作，也不过尔尔。对此现象可以有两种解释：

第一种，认为这个选本就是失败的，选编者或是因为水平不高，或是出于私人好恶，将许多平庸之作选入其中。这种解释听起来比较简单，但真要让它成立，是需要许多证据的。

第二种，是认识到对诗歌这样的文学作品，优劣的评价不仅因时代而异，而且因人而异，原本就是没有客观标准的。我们不妨假定《御览诗》选编者的工作态度是认真的，入选的这些作品在当时就是公认的佳作，只是过了一千三百年之后，今人对这些作品的评价标准已经变了。我相信这种解释更为合理。

《唐人选唐诗十种》，上海古籍出版社，1978 年 9 月新 1 版，定价：2.35 元(上下册)。

“卿为阿侬歌瀚海，茫茫瀚海即天堂”

——从黄克孙译《鲁拜集》谈起

九百多年前的波斯天文学家兼诗人奥玛尔·海亚姆（Omar Khayyam，中译名有“莪默·伽亚谟”“奥玛珈音”“何雅慕”等多种），“业余”著有抒情诗集《鲁拜集》（*Rubaiyat*），很早以来就一直是我特别喜欢的小书之一。最初当然未能免俗，也是因为菲茨杰拉德（Edward J. Fitzgerald）的英译极受推崇，所以慕名而读之。郭沫若也许是国内最早的《鲁拜集》中译者，他 1923 年译出了《鲁拜集》。后来我开始治科学史，又知道海亚姆也是公元 11～12 世纪间著名的波斯天文学家，自然对《鲁拜集》更增添了兴趣。迄今为止我已经收集了四种《鲁拜集》中译本。

《鲁拜集》 郭沫若译

《鲁拜集》 黄杲炘译

四种中译本中，我最晚读到的是黄克孙的译本。黄克孙是美籍华人，在美国拿的物理学博士学位，退休时是麻省理工学院的教授。他在普林斯顿大学、麻省理工学院等处的工作都是研究理论物理，在玻色－爱因斯坦凝聚和量子场论方面有建树。谁知他在物理学之外，却另有一番锦心绣口，居然用旧体诗翻译了《鲁拜集》。

黄克孙的《鲁拜集》译本我起先是在网上看到的，那是在台湾出版的。黄译几乎全是平仄合律的绝句，足见他原来在旧诗上就是有足够造诣的，这才敢尝试用旧体诗译

《鲁拜集》这样的“瓷器活”。101 首译诗——郭沫若译本和黄杲炘译本也都是 101 首——中，我尤其激赏“卿为阿侬歌瀚海，茫茫瀚海即天堂”两句。瀚海即沙漠，原是干燥苦热之处，可是只要诗人对那美女(阿侬——中国旧时年轻女子自称)歌咏瀚海，瀚海对她来说居然就变成了天堂。这是极度夸张美女对诗人的崇拜，用今天调侃的话头来说，视之为海亚姆的“自恋”亦无不可。巧合的是，台湾版译本的封面上，印着的就是这两句。

有一次在饭局中，与我已经毕业的博士吴慧小姐闲聊，她现在在出版社工作，谈到选题开发，我就想到了黄克孙译的《鲁拜集》，建议她可以考虑从台湾引进版权。她还真听进去了，第二天给我打电话说，我在网上查过了，你建议

《鲁拜集》 黄克孙译

做的事情已经让译林出版社做掉啦。于是她从网上订购了译林版的黄克孙译《鲁拜集》，还顺便替我也订了一册。这样我才有了黄译的纸质书。

《鲁拜集》的作者奥马尔·海亚姆，约生活于公元1048～1131年间，出生于波斯呼罗珊内沙布尔（纳霞堡）。古代波斯人常以职业为姓，“海亚姆”（Khayyam）意为“帐篷制作者”——但这并不足以推测出他“出生于手工业者家庭”。他的生平故事一直是波斯人引为自豪的传奇之一，他的墓地今天仍是纳霞堡的重要景点。

相传海亚姆年轻时曾与尼让牟（Nizam al Malk）和霍山（Hasam，通常译为“哈桑”）同学，就学于当时著名学者Imam Mowaffak。三人曾发愿同享富贵。后来尼让牟成为宰相，霍山则成了在中亚地区让人闻风丧胆的匪帮首领“山中老人”。海亚姆18岁丧父，辍学谋生，往见尼让牟，但不要官职，只求得一清净地让他进行数学和天文研究，尼让牟从之，拨给年金，他被任命为“天官”。

实际上海亚姆先是得到撒马尔罕（今属乌兹别克）统治者的庇护，后来又应塞尔柱帝国苏丹之邀，前往领导伊斯法罕的天文台。他在那里工作了18年，度过了他一生中最安逸的岁月。在那里，苏丹命他对当时的历法进行改革——这是他一生最重要的勋业，他当然没有忘记在《鲁拜集》中歌咏一番，例如编号第57首，黄克孙的译文是：

曾司北斗与招摇
玉历天衡略整调
纸上淋漓纵醉笔
勾除昨日与明朝

可惜的是，这一首恰恰属于黄译中比较差、旧诗表达法用得相当不自然的，比如为了迁就韵脚而将“调整”一词颠倒为“整调”。

海亚姆最著名的数学著作是《还原与对消问题之论证》，其阿拉伯文手稿保存至今，已被译成多种文字。海亚姆定义代数学为“解方程的科学”，他创立了一种借助圆锥曲线解三次方程的方法，这是代数与几何相结合的前驱工作。他还研究过二项式展开、开方、比例等问题，详细注释过欧几里得的著作，他的《对欧几里得几何原本中困难公设的注释》一书，据说对东方数学有过积极影响。

海亚姆那些优美的抒情四行诗，在他本来只是略出余绪而已，谁知身后竟会因为这些四行诗而享誉全球，眼见得还有流芳百世的可能，这对他来说实为不虞之誉。

1859 年，菲茨杰拉德将海亚姆流传下来的诗歌从波斯语译为英语出版，取名《鲁拜集》，“*Rubaiyat*”即波斯语“四行诗”之意。这些四行诗从此成为世界文学史上的明珠。菲茨杰拉德的英译，本来就有再创作的成分，中文译者再依据他的英译来中译，当然又是另一次再创作。

四种《鲁拜集》中译本，郭沫若译本和黄杲炘译本（他的书名是《柔巴依集》）都采用现代诗体，除了大致照顾韵脚，基本上不会受到别的约束。黄克孙要译成旧体诗中的绝句，难度自然就大了许多。另有于贞志的中译（仅选译 30 首），也采用了旧体诗中的绝句形式，但不合平仄之处比比皆是，较黄译远逊。

不妨就以被用作本文标题的两句所在的那首为例，比较一下四种中译的异同优劣。这首诗是编号第 12 首：

A Book of Verses underneath the Bough,
A Jug of Wine, a Loaf of Bread——and Thou
Beside me singing in the Wilderness——
Oh, Wilderness were Paradise enow!

——菲茨杰拉德英译

柳树下放着一卷诗章，
一瓶葡萄美酒，一点干粮，
有你在这荒原中傍我欢歌——
荒原呀，啊，便是天堂！

——郭沫若译文

在枝干粗壮的树下，一卷诗章，
一大杯葡萄美酒，加一个面包——
你也在我身旁，在荒野中歌唱——
啊，在荒野中，这天堂已够美好！

——黄杲炘译文

一箪疏食一壶浆，
一卷诗书树下凉，
卿为阿侬歌瀚海，
茫茫瀚海即天堂。

——黄克孙译文

轻荫如盖耽华章，
美酒干酪溢流芳。
为有卿卿清歌发，
直把僻乡作帝乡。

——于贞志译文

相传编号12的这首诗，是自菲茨杰拉德英译《鲁拜集》以来，这101首诗中被引用最多的。黄杲炘曾说：“据认为，除了《圣经》之外，没有任何英诗译文能像它这样为英语国家的人民所熟知。”这首诗既是如此著名，每位中译者自然都应该不敢轻慢，会使出全力提供优美译文，故通过这首诗的译文来比较各家的异同优劣，比随机挑选另外100首中的诗来比较，应该更为合理。

现在我们来比较四家的译文。用现代诗体的郭沫若和黄杲炘，基本上不相上下，都有相当浓厚的“文艺腔”，而且诗意寡淡，明显不如用旧体诗的两家——当然我必须承认，我对旧体诗有一点偏爱。黄克孙和于贞志的译文，都力图用旧诗中常见的表达法来翻译原诗，而且都相当成功。于译中仅“僻乡”一词，不甚符合这一要求(其实既已让“干酪”入诗，不如干脆用“荒原”取代“僻乡”)。

但是既用旧体诗，当然以符合平仄格律为胜，这一点上黄克孙远胜于贞志。黄译的这首平仄极为规范，完全是标准的绝句。而于译仅第四句勉强合律(也还犯了孤平)，其余三句皆不成律句，说明他对旧诗格律缺乏基本的了解，或无法在旧诗格律的约束下完成翻译。

附带指出，四家的译文还证明了同一点：译诗是一种再创作成分很大的翻译工作。

增订版附记：

此文作于2011年，笔者既不是《鲁拜集》的“超级粉丝”，搜集各种译本当然也不是笔者自定的功课。不过后来还是又搜集了两种颇具特色的译本，必须附记于此。

一是钟锦编译《莪默绝句百纳集》，是钟锦、眭谦等六人采用中国古代特有的诗歌游戏“集句诗”方式翻译《鲁拜集》之作。他们的集句范围是唐诗，按照集句诗的规则，这些被挑选出来的唐人诗句也被组织成合于旧诗格律的绝句。用“集唐”来翻译《鲁拜集》，确属有创意而且高难度的文学游戏，成绩也斐然可观。

另一种是眭谦《莪默绝句集译笺》，是眭谦用旧诗绝句翻译《鲁拜集》之作，特色是不仅包括了菲茨杰拉德英译的101首，还包括了温菲尔德（E. H. Whinfield）英译的500首，堪称《鲁拜集》中译迄今之大全。眭谦的旧诗绝句虽稍逊于黄克孙的流畅（他在正文前用《自题三首步黄克孙韵题》表达了对黄克孙的敬意），但也都能合于旧诗格律，仍属难能可贵。

《鲁拜集》，［波斯］奥玛尔·海亚姆著，［英］爱德华·菲茨杰拉德英译。

钟锦等集唐译本，华东师范大学出版社，2016年8月第1版，定价：39.80元。

眭谦译本，华东师范大学出版社，2016年7月第1版，定价：36元。

黄克孙译本，译林出版社，2009年9月第1版，定价：18元。

郭沫若译本，吉林出版集团有限责任公司，2009年1月第1版，定价：30元。

黄杲炘译本(《柔巴依集》)，上海译文出版社，1982年6月第1版，定价：1.85元。

吴歌小史话当年

一提起“吴歌”之名，早年所诵李白诗句就会浮上心头：

吴歌楚舞欢未毕，青山犹衔半边日。

郢中白雪且莫吟，子夜吴歌动君心。动君心，冀君赏，愿作天池双鸳鸯，一朝飞去青云上。

……

因此见到这本《吴歌 · 吴歌小史》，一时心血来潮，就用电脑对全唐诗进行字词检索，将所得结果去其重复（轻而易举就发现了三处重复收诗的情况），共得直接提到“吴歌”者 18 处，其中：

孙逖、祖咏、常建、韩愈、杜牧、许浑、李商隐、温庭筠、刘兼各 1 处，罗隐 2 处，而李白一人独占 7 处!

可见李白对吴歌情有独钟，非其他唐代诗人可比。这一现象如何解释，也许尚待高贤。不知搞唐代文学史的专家是否已经提出过解释。

使李白如此钟情的吴歌，究竟是何宝贝?

吴歌者，江南歌谣，吴地之人所咏唱也。《晋书·乐志》说“吴歌杂曲，并出江南”。吴歌的历史可以追溯到很早——顾颉刚认为其起源“不会比《诗经》更迟”，其内容则主要是“小儿女口中的民间歌曲”。“小儿女”们口中最爱唱什么?首先自然是男欢女爱、郎情姐意，此外当然也经常会旁及家乡风景、人生苦乐之类。当年宋人编《乐府诗集》，就有“吴声歌曲”，其中如

《吴歌小史》

《子夜歌》：

宿昔不梳头，丝发被两肩，婉伸郎膝上，何处不可怜。

顺便插一句，此歌意境，在日本江户时代的浮世绘春图中常有描绘，特别突出美人之长发。又如《子夜四时歌》：

朝登凉台上，夕宿兰池里，乘月采芙蓉，夜夜得莲子。

“怜”者，爱也，又常以“莲”字谐音代替，故“莲子”者，即今日之“love you”也（如今网上聊天之种种特殊用语，其实也有相似光景）。当年使李白情有独钟之吴歌，或即此类也。当然，和后来收集到的吴歌相比，上面这些歌谣可能已经经过文人的改写润色。

到了明代，吴中“山歌”就有更接近口语的文本流传下来，比如冯梦龙编的《山歌》中：

吃娘打得哭哀哀，索性教郎夜夜来。汗衫累子鏖糟拼得洗，连底湖胶打不开。

结识私情像象棋，棋逢对手费心机。……姐道郎呀，你摊出子将军头要捉我做个塞杀将，小阿奴奴也有个踏车形势两逼车。

后面一首采用了民歌中常见的“素谜荤猜”之法，如将末两句之“谜底”直白说出，那就不成体统了。

这些歌词要用吴语吟诵，方能传神，经文人笔录下来，如以普通话读之，韵味要损失几成，但这是没有办法的事。二十世纪学者所收集整理的吴歌，依然只能如此，比如王翼之辑《吴歌乙集》中：

日落西山渐渐黄，画眉笼挂拉（拉，在也）北纱窗，画眉笼里无食难过夜，小奴奴房中无郎勿进房。

天上星多月勿明，河里鱼多水勿清，京里兵多要反乱，姐妮房中郎多要乱心。

所谓吴歌，鼎尝一脔，豹窥一斑，大致上的光景也就不难推想了。

不要小看这些“淫词艳曲”——当年可是劳动了顾颉刚、刘复、鲁迅、周作人这样的人物亲自收集，甚至还劳动了蔡元培这样的人物“登高一呼”，号召学者们从事收集工作!

鲁迅早在1913年就主张收集民间歌谣，周作人则动手收集越中儿歌，但他们的努力没有多少效果，直到蔡元培和北大介入，此事才有转机。1918年2月1日的《北京大学日刊》上，刊登了校长蔡元培的启事，号召全校教职员工和学生一起帮助收集民间歌谣；还刊登了刘复起草的《北京大学征集全国近世歌谣简章》。不到半年，即征集到一千二百余首，并从这年5月20日起，每天在《北京大学日刊》上发表一首。

北大这番收集民间歌谣的举动，颇使当时一些守旧人士痛心疾首。据顾颉刚回忆，许多守旧的教授和学生们叹息道：

> 北大是最高学府，《日刊》是庄严公报，哪能让这种“不入流品”的东西来玷污它!

一位前清进士更是义愤填膺：

> 可惜蔡子民也是翰院出身，如今真领着一般年青人胡闹起来了！放着先王的大经大法不讲，竟把孩子

们胡喷出来的……东西，在国立大学中，专门研究起来了！

然而，学者们则对这种“胡闹”乐此不疲。

顾颉刚1918年爱妻病逝，因悲哀过度而得神经衰弱之症，只得在家休养。他每天收到《北京大学日刊》，看见上面的歌谣，决定尝试“把这种怡情适性的东西来伴我的寂寞”。他是苏州人，就从自己孩子口中开始收集，渐至邻家孩子，再至教孩子唱歌的老妈子……到后来，连他的祖母、新婚夫人，乃至友人叶圣陶、郭绍虞等等，都加入了帮助他收集吴歌的队伍。顾颉刚收集的这些吴歌不久后在《晨报》——当时学术界都看这张报纸——上连载，使他在这方面又出了名，被目为歌谣研究的专家。本书中所收的《吴歌甲集》，就是顾颉刚收集的这些歌谣。当时竟有胡适、沈兼士、俞平伯、钱玄同、刘复五大名流分别为《吴歌甲集》作了序。

收集吴歌的另一个干将是刘复（半农），江阴人。他收集整理的《江阴船歌》（收在本书《吴歌戊集》中）比顾颉刚的《吴歌甲集》还早一年。且看一首：

新打大船出大荡，大荡河里好风光。船要风光双只櫓，姐要风光结识两个郎。

刘复还模拟民歌进行创作，他的《瓦釜集》就全是模拟的江阴民歌。后来他又将目光扩大到俗曲——不附乐曲的谓之歌谣，附有乐曲的即为俗曲。他除了自己收藏，又为中央研究院历史语言研究所收集，并进行研究，编有《中国俗曲总目稿》。

周作人当然也是歌谣收集研究中的大干将，他在那篇著名的文章《猥亵的歌谣》中，反复强调收集民歌时不排斥猥亵的歌谣。这也可以说是歌谣研究者们的共同认识。起先在刘复起草的《北京大学征集全国近世歌谣简章》中，尚要求“征夫野老游女怨妇之辞，不涉淫亵而自然成趣者”，而四年后发行《歌谣周刊》，新定章程第四条则说：

> 歌谣性质并无限制，即语涉迷信或猥亵者亦有研究之价值，当一并录寄，不必先由寄者加以甄择。

于是周作人从《诗经》中的“子不我思，岂无他人”，说到南唐李后主的“为奴出来难，教郎恣意怜”，再说到欧阳修的“月上柳梢头，人约黄昏后”，直到《圣经》中的《雅歌》一章（几乎全是露骨的情歌），以说明猥亵的成分“在文艺上极是常见，未必值得大惊小怪”，而对于猥亵的歌谣，“在研究者是一样的珍重的，所以我们对于猥亵的歌谣也是很想搜求，而且因为难得似乎又特别欢迎”。真可谓一篇之中，三致意焉。

对于今天读者来说，也许最容易产生的一个问题是：为什么这些中国现代文化史上的大人物，都对吴歌之类的民间歌谣如此感兴趣？

按照刘复的意见，如果要研究一个民族特有的文明，要理解一个民族生活的真相，则民歌俗曲是“最真实最扼要的材料”：

> 因为这是蚩蚩者氓自己用来陶情适性的；他们既不比考生们对着考官对策，又不比戏子们对着听众卖艺，……民歌俗曲中把语言、风土、艺术三件事全都包括了。

胡适则着眼于文学：“国语的文学从方言的文学里出来，仍须要向方言的文学里去寻他的新材料、新血液、新生命。”而民歌俗曲可以作为方言文学的代表，自然就有很高的研究价值。抱着这样的观点，来读这本《吴歌·吴歌小史》，来体味八十年前大学者们的工作情景，真可令人别生遐想。

吴歌小史话当年，往事如烟已杳然，试唱吴声白苎曲，风流千古在江南。

《吴歌·吴歌小史》，顾颉刚等辑，江苏古籍出版社，1999 年 8 月第 1 版，定价：28 元。

沉溺在白日梦中的小文人

——《读书堂西征随笔》

25 年前，我在书店见到一本小册子《读书堂西征随笔》，因为向来喜欢收集历代文人的笔记，就随手买下了，定价 0.45 元。这是一种影印本，书前有一页影印的雍正帝御批：

> 悖谬狂乱，至于此极！惜见此之晚，留以待他日，弗使此种得漏网也。

雍正帝一向是要当“有道明君”的，这段御批却如此咬牙切齿，其痛恨之情跃然纸上。他为何要对一个名不见经传的小文人如此痛恨？

本书作者汪景祺，字无已，号星堂，浙江钱塘人，其父为户部侍郎，其兄为礼部主事，他自己中过举人，五十三岁那年自投于抚远大将军年羹尧幕府，乃作《读书堂西征随笔》。谁知次年（雍正三年，1725 年）年羹尧即获罪，《读书堂西征随笔》也被搜查出来，上缴。这虽只薄薄一本小册子，却使雍正帝大为恼火，有旨谓“汪景祺作诗讥讪圣祖仁皇帝，大逆不道”，查禁此书，并将作者斩首示众，株连到五服。《读书堂西征随笔》还成为年羹尧“大逆五罪”之一。廷臣们又奉旨从此书中锻炼出八款“罪证”——其实都只是汪景祺对朝廷政治举措的一些批评意见。

《读书堂西征随笔》

清代文字之狱多矣，汪景祺不过其中一例而已，他主要是受了年羹尧失宠获罪之累。汪景祺一个小文人，父兄未做大官，自己未入仕途，他因此攀附权贵，希图干禄，本来也是相当厚颜的。书中有一篇“上抚远大将军书”，其中对年羹尧极尽吹捧之能事，例如称颂其武功竟说：“盖自有天地以来，制敌之奇，奏功之速，宁有盛于今日之大将军者哉！”赞美其人望则谓：“朝廷深赖贤佐，天下共仰纯臣，朗若青天，皎如白日。”甚至称年羹尧为“宇宙之第一伟人”。还献诗六首，全力歌颂吹嘘。这六首七律都很平庸，倒是书末还附载“秦中凯歌十三首”，也是专门吹捧年羹尧的，有的稍像样些，如：

其四

指挥克敌战河湟，
纪律严明举九章，
内府新承卢矢赐，
令公引满射天狼。

其五

阵前金甲绣蛟螭，
五色云开玉帐旗，
青海已闻传箭去，
天山又见挂弓时。

汪景祺既然如此厚颜吹捧年羹尧，一旦年羹尧成为“大逆”罪人，他自然就让雍正很讨厌了。至于“作诗讥讪圣祖仁皇帝”，实际上却很难落实。那首被当作罪证的绝句“皇帝挥毫不值钱，献诗杜诏赐绫笺，千家诗句从头写，云淡风轻近午天”，本来是汪景祺记述别人的作品，那个人是“某，无锡人，不欲言其姓名”。想来汪景祺既不肯言其姓名，皇上就将它算在汪景祺头上了——谁让它出现在你文集中的呢?

除了上面这桩公案，《读书堂西征随笔》中最令人感兴趣的，是那些大违礼教的篇什(廷臣们锻炼的八款罪状中对这方面无一涉及)。其自序称：

> 自问生平，都无是处。忆少年豪迈不羁，谓悠悠斯世无一可与友者。骂坐之灌将军，放狂之弥处士，一言不合，不难挺刃而斗。……意见偏颇，则性之所近而然也；义论悖戾，则心之所激而成也。其或情牵脂粉，语涉狭斜，犹是香奁本色。知我罪我，听之而已。

表示他只说自己想说的话，不在乎旁人怎么看。书中这方面的作品，主要是“步光小传”和“遇红石村三女记”两篇。在“步光小传”开首，他公然表白：

余素好狭邪之游，……锦衾烂然，共处其中，虽不敢云大程之心中无妓，亦庶几柳下之坐怀不乱，所谓姑苏台半生贴肉不如若耶溪头一面也。

接着记述他旅途中一次召妓的故事。步光是一个会武功的妓女，出身武将之家，流落风尘。汪景祺详记与她的一夕之会，从初见、调笑、就寝到步光自述悲惨身世，无不详细道来，已是小说笔法。并为步光作绝句八首，其中自然不乏青楼文学套语，如：

其二

明月雕弓挽铁胎，
风流格调小身材，
儿家生长云中郡，
曾向恒山射虎来。

其三

河光清浅月黄昏，
琥珀光浮酒满樽，
宛转柔情人半醉，
这般时节最销魂。

其八

背人私语晕红潮，
戍鼓沉沉漏渐遥，
兽炭已薰鸳被暖，
莫将闲恨负良宵。

书中又有“遇红石村三女记”一篇，更为“出格”——专记他自己路过红石村时与当地三个女子调情之事。这三女子因为厌恶北方汉子粗鲁不洁，喜欢“南方官人”，所以对旅途中因疝气发作而来求助的汪景祺青眼有加。她们帮他按摩止痛，后来就渐渐进入打情骂俏光景。汪景祺对于和她们相互挑逗的语言动作，乃至上床同衾共枕亲昵之事，逐一详细叙述，不厌其烦。例如：

小云娃自坑后下啜茶，余戏弄玉娃之乳。玉娃曰：“官人错。”小云娃曰：“青天白日，两边面生生地，何错之有？”语毕仍至故处坐。玉娃起，吹炭令燃，余以手拍小云娃之股，且掣其足，则坚如铁石，不可动。余曰：“邂逅逢卿，岂有他念，不过以爱慕之切，聊以相戏。小娘子用神力拒我何也？”小云娃即引双足置余膝上，余遽脱其鞋，小云娃拂然曰：“官人不畏我嗔耶！”玉娃曰：“青天白日，两边面生生地，何畏之有？”三人相视而嘻。

末了这三位女子催促汪景祺赶紧上路，说是怕他出事。在这样三个热情好客而又放诞风流的女子那里，能出什么事呢？汪景祺在后面一篇“记蒲州常生语”中告诉我们，原来这三个女子都是当地的土匪首领！红石村在山西境内，当地有一些女子会武功，当土匪，抢劫商旅，上面那段情色文字中提到的“玉娃”和“小云娃”，都是有响当当名号的人物。玉娃“能开十力弓，箭长十六把”，号“神臂弓”；小云娃则能舞五十斤重的大刀，号“一堆雪”。她们之所以没有抢劫自动送上门来的汪景祺，估计是因为看他只是穷书生一个，没什么财物。

按照传统观念，汪景祺上面那段情色文字中的行径可说是“调戏妇女”，但如果从某种女性主义的角度出发，又何尝不可以说成是三女匪“调戏”汪景祺呢？而汪景祺本人事后得知真相，虽然不无后怕，但他竟仍然称赞三女子这番言行是“皆发乎情止乎义，以礼自守者……呜呼，可谓贤妇人矣！”土匪(三女子的父亲、丈夫及她们本人都是)自然是反叛官府朝廷的罪人；能和过路客人上床亲昵，岂非“荡妇”，然而她们竟被赞为“以礼自守”的“贤妇人”，可以想见汪景祺心目中的“礼”与道学家相去何啻天壤。

《读书堂西征随笔》中的这类记事，已可隐约看到某些近代小说中笔法的端倪；这些记事的真实性也很难考证。其中可能有夸大、虚构，甚至可能只是措大狂生的白日梦——这种猜测似乎也可以由他为三女子所作的绝句四首得到支持：

其三

疑于紫府会群真，
三女扶持一病身，
日欲沉西催客去，
恐将侠骨染征尘。

其实汪景祺所记之事的真伪并不重要，重要的是他以士人而详述自己与妓女、女匪的情事，又不以为耻，这在任何时代的文人中都属少见。在封建时代，这倒也可以算得上“名教罪人”了。

《读书堂西征随笔》，（清）汪景祺著，上海书店出版社，1984 年 7 月第 1 版，定价：0.45 元。

《名教罪人》：雍正发动中国第一场大批判

在中国历代帝王中，雍正皇帝是最富有政治运动创新思维的。上文结尾处，谈到汪景祺在封建时代也可以算得上“名教罪人”，用了这四个字并非偶然，因为汪景祺的书，很自然会让人联想到雍正即位之初的另一宗文字狱和另一本奇书。

十几年前的一天，老友金良年打来电话，他操着地地道道的老式上海话，兴味盎然地对我说：晓原兄，我又要送一本好玩的书给你啦！他说书已经寄出。那时他正主持上海书店出版社的工作，推出了许多“好玩”的书籍——不过据我平日和他交谈，他口中的“好玩”，其实是一个含义非常丰富的词，似乎可以包括“很有意义”“很有趣味”“很有史料价值”等等的意思。

几天后我收到书，这次他寄给我的是《〈名教罪人〉谈》。

关于《名教罪人》，我早闻其名，不过因为属于向来难见之书，我平日在搜觅史料方面又比较懒惰（不过倒是比较有心），所以一直没有见过。现在闭门家中坐，书从天上来，当即快读一过，果然印象深刻。

《〈名教罪人〉谈》

此事又和年羹尧案件有关。年羹尧原是雍正的爱将，一度位极人臣，后来功高震主，雍正忽然翻脸将其治罪。上次谈到的汪景祺即受此案株连。

在对年羹尧抄家时，还发现了钱名世赠年羹尧的诗，其中有“分陕建旗周召伯，从天鼓角汉将军”等吹捧年羹尧军功的语句，雍正看了——他看得还真仔细——又勃然大怒，说钱名世“钻营不悛”“曲尽谄媚”“悖逆已极”。群臣奉旨，当然又要罗织钱名世的罪名，“大学士、九卿等佥以其罪恶昭著，合加重惩，以彰国法”，这就成死罪了。

本来钱名世既已被加罪如此，按汪景祺案之例，杀掉也就不成问题了(这当然不是从今天法治社会的标准来说的)，但雍正却又不想如此“简单粗暴”，他要将这轮政治迫害的游戏玩出点新意思来。

钱名世毕竟非汪景祺可比，他是康熙朝的进士，而且是探花(康熙四十二年，1703 年)，再说他此前就早有文名，是《明史》写作班子的成员；他的诗也已经有些名气，例如沈德潜编选的《国朝诗别裁集》、宋荦编选的《江左十五子诗选》中，都有钱名世的诗入选。进入仕途之后，钱名世先在翰林院供职，“兼值内廷”，参加了《佩文韵府》《渊鉴类函》等大型书籍的编纂，做到“翰林院侍讲”的官职。有十来年工夫他似乎被罢黜了，但从康熙五十八年（1719 年）起他又重被启用参与朝廷的编书工作，俸禄也恢复了。关于钱名世的这些经历，雍正在他获罪后的说法是：

钱名世向来颇有文名，我圣祖仁皇帝拔为一甲进士，置之词馆，兼值内廷。伊不能仰报厚恩，自罹罢斥。复蒙圣祖仁皇帝格外矜全，令其修书赎罪，又复其原官，给与俸禄，特不许在翰林衙门供职。盖圣明洞鉴，知其品行卑污，不堪复玷侍从之班也。

因为钱名世是著名文人，雍正想出了前所未有的新花样来惩罚他——除了“革去职衔，发回原籍”之外，他下令采取两项措施惩罚钱名世：

第一项，他亲书“名教罪人”四字，让人制成匾额，令钱名世悬挂在自己家中。

第二项，他下令在京官员中凡举人、进士出身者，每人都要写诗，批判钱名世。而且这些诗要“一并汇齐缮写进呈，俟朕览过，给付钱名世”。

于是在京官员中符合雍正所言上述条件者，真的人人写一首诗，对钱名世进行批判讨伐讽刺谩骂。这是中国历史上第一场“大批判”运动，雍正在此事上的创新专利，无人可以动摇。这些官员奉旨写的“大批判诗”后来汇集成书，就是《名教罪人》。

《名教罪人》中共收有 385 位当时在京官员的诗。不过当时写“大批判诗”的官员不止此数，因为雍正竟有功夫将上交的“大批判诗”逐一阅览，分为三类：绝大部分为第一类，合格；有六人不甚合格，“浮泛不切”，令其重做（重做后合格了）；有四人不合格，雍正说他们的诗“谬妄”或“文理不通”，已经没有重做的机会，受到惩罚。这四人都是钱名世在翰林院时的同事，其中陈邦彦、陈邦直、项维聪受到与钱名世一样的惩罚，革职回籍；另一个是吴孝登，对他的惩罚居然比钱名世的“革去职衔，发回原籍”还要重得多——“发宁古塔，给披甲人为奴”。陈、吴等人究竟做了怎样“谬妄”的诗，没有流传下来，无法得知。不过可以从中知道的是，雍正此人喜怒无常，“天威莫测”，在他手下当臣子，那真是“伴君如伴虎”。

年羹尧事件对雍正来说是一块心病。他自己将年羹尧宠幸得位极人臣，然后又穷凶极恶将其治罪逼死，而且株连曾经吹捧过年羹尧的文人，这已经是歇斯底里的表现。因为当年羹尧红极一时炙手可热时，文人为他写几句吹捧的诗，原是很自然的事。即使钱名世主张为年羹尧立碑纪其平藏之功（放在康熙的碑后面），自属趋炎附势，但无论如何也够不上“钻营不悛”、“曲尽谄媚”、“悖逆已极”这样的指控。

一个重要的事实是，雍正自己也曾对年羹尧极尽赞美吹捧之能事。例如在雍正元年一件给年羹尧的朱批上，雍正这样写道：

你此番心行，朕实不知如何疼你，方有颜对天地神明也。

同年在年羹尧关于他辖区内出现祥瑞（兆示圣主在位）的奏章上，雍正又有如下朱批：

真正可喜之事，有你这样封疆大臣，自然蒙上苍如此之佑。但朕福薄，不能得如尔之十来人也。

如果将这些朱批与钱名世“分陕建旗周召伯，从天鼓角汉将军”的诗句相比，雍正显然更加“曲尽谄媚”。他自己对待年羹尧，两三年之内就翻云覆雨，却将写过几句诗吹捧年羹尧的汪景祺钱名世等人斩首示众株连五服或极尽羞辱，雍正自己倒是“悖逆已极”。

这本《〈名教罪人〉谈》中，收有《名教罪人》全文，并为385位“大批判诗”作者编了“作者索引”。书中中还附了刘成禺、黄裳、钱伯成、金性尧、顾静、陆震六人谈论《名教罪人》的文章。

六文中最令人印象深刻的是陆震的文章，他将雍正发动的中国历史上这第一场大批判运动，和20世纪50年代中国对胡风的批判运动作了比较。他关心的是，那么多官员为何都乖乖听话写“大批判诗”？然后他发现，批判胡风时，官员和文人也一样是乖乖听话的，他列举了数十位奉命写过批判胡风文章的中国当代名人，包括郭沫若、巴金、老舍、丁玲、冰心、陈垣、冯友兰、翦伯赞、茅以升、钱伟长、裴文中、贾兰坡，甚至包括常香玉。

至于《名教罪人》中的“大批判诗”，全都味同嚼蜡，毫无诗意可言，姑举其第一首为例（据说是按照雍正所判的优劣排序，故第一首应是雍正认为最好的）：

> 邪媚宁容玷士林，颂扬奸恶独工吟。含毫不复知羞恶，索句应全失本心。弃置难逃明主鉴，谴归犹荷圣恩深。共敦名教端儒行，宸翰昭垂百世箴。

这些诗句如果翻成白话，基本上就是“文革”中的大批判语言。难怪此385位作诗官员中有文名的那些人，后来编自己的诗集时，没有人肯将这首“大批判诗”收入的——这样的诗实在是诗人的耻辱。

《〈名教罪人〉谈》，上海书店出版社，1999年5月第1版，定价：14.50元。

性

在灯红酒绿杀人夜想到《金枝》

十多年前，弗雷泽(James George Frazer)的《金枝》(*The Golden Bough*, *A Study in Magic and Religion*)，曾经是国内学术界相当时髦的一部书。那时有一大批文化人类学、民族学、神话学等方面的国外著作被译介进来，《金枝》可以说是其中最引人注目的。但是近年来盛况不再，2006 年《金枝》换了出版社出了新版(译文仍旧)，也没见什么反响了。

《金枝》是弗雷泽的成名作，奠定了他的学术声誉，而他修订、再版《金枝》的活动，前后竟持续了 30 余年。《金枝》先后出版过 4 个版本：

1890 年，两卷本，约 830 页；

1900 年，三卷本，约 1 500 页；

《金枝》

1911～1915 年，十二卷本，近 5 000 页；

1922 年，一卷本，750 余页。

最后这个被弗雷泽称为“节本”的版本，虽然因为删去了全部的引文出处和资料来源而遭到一些批评，却是流传最广、影响最大的。现在国内出版的中译本，就是根据 1922 年的一卷本译出的。

我最初买的《金枝》，是大众文艺出版社出的两册平装版。可恶的是，平装本没有索引而精装版却有！于是我将平装版送人，又买了精装版。2006 年新世界出版社的新版我也有，也是平装两册，不过这次有索引。

《金枝》以探寻古罗马内米湖畔一个神秘的古老地方习俗的来源为线索，试图解答如下三个谜案：

一、内米湖畔森林女神狄安娜神庙的祭司，规定由逃亡奴隶充当。为何新祭司到任之前必须在决斗中杀死他的前任?

二、为何在杀死前任之前，必须折取一棵特殊的大树上的一段树枝?——这段树枝被称为“金枝”，即弗雷泽本书书名的来历。现任祭司必须昼夜守护这棵大树，因为逃亡奴隶只有获得了金枝，才具有与现任祭司决斗的资格。

三、为何狄安娜神庙的祭司还有一个“森林之王”的头衔?

弗雷泽最终当然给出了他对上述三个谜案的解答。但《金枝》最大价值并不在这三个谜案的答案上(这些答案并非毫无商榷的余地)，而在于弗雷泽为了寻求这些答案，对古代世界各个文明(甚至包括中国)中相关巫术和民俗的广泛考察。可以这么说，“金枝”的三个谜案其实只是全书叙述中引导读者的“故事”，书中真正的主题恰恰是它的副标题：“关于巫术和宗教的研究”。

但是，为什么要在灯红酒绿杀人夜想到《金枝》呢?

我当然没有亲历过这样的夜晚——《灯红酒绿杀人夜》是一部电影的名字(*Prom Night*，2008)。正是因为《金枝》中这些广泛的巫术和民俗考察，让我在看《灯红酒绿杀人夜》时立刻想到了它。

在美国电影中，以高中生活为背景的惊悚片，是一个作品数量相当大的类型。在这一类型的影片中，有一个似乎长期不变保留至今的民俗——高中毕业舞会——经常得到反映。例如，从著名的影片《魔女嘉利》（*Carrie*，1976，根据史蒂芬·金的小说改编而来）到《灯红酒绿杀人夜》，中间经过了30多年，但是两部影片中所反映的美国高中毕业舞会民俗，还是如出一辙。

高中毕业舞会可以说是美国少男少女的成年礼。女生们“从入校第一天起就开始期盼”这个舞会的到来。到了这一天，女生们成群结队到发廊去做头发，然后回家将自己打扮成小妖精似的性感美人，心情激动地等待着自己相好的男生——将是舞会上自己的男伴——开车来接。男生们这天晚上当然也要穿戴得西装革履周武郑王，准备经历自己一生中“把妹”生涯的第一个高潮。

高中毕业舞会又是一个“性解放”的特殊派对——它简直就是古代诸文明中常见的“狂欢节”的翻版。在《灯红酒绿杀人夜》中，当舞会到达高潮时，“好孩子”在楼下舞厅中海誓山盟，激情拥吻；“坏孩子”到楼上客房里宽衣解带，禁果初尝。

高中毕业舞会还有一项保留节目——在当晚出席舞会的少男少女中选出这个晚上的“国王”和“王后”。如果将这个节目与《金枝》第25章“临时国王”对照起来看，你也许会感到“美国文化”的成分真是太驳杂了。

最后，可以补充一点中国古代的同类风俗——“高禖之祀”与“仲春之会”。弗雷泽毕竟不熟悉中国这方面的古代文献。

“高禖之祀”是一种与生殖崇拜有关的祭祀。高禖有时也写作“皋禖”，皆为媒神之意。高禖之庙历代皆有，通常设于都城南郊，西汉、晋、北齐、隋、唐等朝都是如此。闻一多认为，《诗经 · 大雅 · 閟宫》所咏的閟宫即为高禖之庙。

高禖之神究竟是谁，有五种不同说法，各自都有一定的文献依据：(1) 殷始祖契之母简狄；(2) 伏羲；(3) 女娲；(4) 祖先；(5) 男性生殖器。其中(3)、(5)两种的理由相对比较充分。

“高禖之祀”的仪式极为隆重。照《礼记 · 月令》的记载，这是在仲春之月的“玄鸟至之日”(即燕子春暖后北返之日)，由皇帝亲自率领后妃、嫔御等前往高禖之庙，献上猪、牛、羊三牲(称为“太牢”)。这一仪式的目的，是为了祈求多子，即《诗经 · 大雅 · 生民》中所说的“克禋克祀，以弗无子”。“高禖之祀”的仪式中，还有被认为“颇涉邪淫”的、可能是非常富于性刺激的舞蹈，称为“万舞”。

“仲春之会”是中国古代由官方召集的男女狂欢之会。《周礼·地官媒氏》记载“媒氏”之官的职责云：

> 中春之月，令会男女。于是时也，奔者不禁。若无故而不用令者罚之。司男女之无夫家者而会之。

这种青年男女可以歌舞狂欢、自由觅偶并且发生性爱的节日，是上古时期生殖崇拜的遗风，晚至春秋时代，各国仍有举行。在古代文献记载中，宋国的桑林、楚国的云梦等地，都是举行“仲春之会”的地点。《诗经》中的一些篇章，如《桑中》《东门之枌》《溱洧》等，也都与“仲春之会”有关。

“仲春之会”中的青年男女，可以暂时超越在性爱方面的戒律和礼仪，自由地寻求爱侣，满足情欲(即所谓“奔者不禁”)。古代文献中关于殷人的始祖契、周人的始祖弃的身世神话，都说他们是因其母亲“神交而孕”才诞生的，神交又都发生在举行“高禖之祀”的日子里；而古代文献记载的时间、地点等资料，以及现代学者的研究结果，都表明“高禖之祀”与“仲春之会”极可能是同时同地举行的，因此契、弃的身世神话也从一个侧面反映或暗喻了“仲春之会”的情景和性质——使人类原始冲动中的多配偶(polygamous)倾向有所宣泄，正是“仲春之会”最重要的功能之一。在世界许多民族中，都有起类似作用的狂欢集会。

仲春之会的男女狂欢还带有巫术性质。因为男女之间的性爱活动，在古代常被用来向上天祈求风调雨顺、五谷丰登。这一上古遗风也在中国保留了很长时间，汉代《春秋繁露》卷十六中讲到求雨之法，就要求“吏民夫妇皆偶处”；直到梁武帝大同五年(公元539年)，以七事求雨，其第六仍是“会男女”。而《金枝》中也谈到世界上许多地方有着同样的风俗和信仰。

所有这些都提示我们，古代世界诸文明中曾经有许多相同的东西，而且其中有些还一直保留在现代“发达社会”的生活中。

《金枝》，[英]J. G. 弗雷泽著，徐育新等译，新世界出版社，2006年9月第1版，定价：88元(上下册)。

“难道真有人将它编出来了？”

——《柏林色情艺术博物馆藏品集》

异域购书，常有艳遇——当然此艳遇非彼艳遇也。

我每到一个异国城市，最感兴趣的不是当地风景名胜，而是它的各种博物馆。访问博物馆，我又有一个嗜好，是购买该馆藏品的指南（*Guide*）。这种指南会逐一登录该馆重要藏品的详细信息，包括作者、年份、尺寸、流传情况、前世今生等等，甚至在各展室平面图上逐一标出这些藏品的摆放位置。一般来说，只有那些历史悠久的大型博物馆才会编印出版这样的指南，例如我收集的这类指南中，有罗马梵蒂冈博物馆的、巴黎奥塞博物馆的、法国凡尔赛宫博物馆的、慕尼黑国家艺术馆的，等等。我曾在卢浮宫的书店里四处寻找这样的指南，始终找不到，有一次就向一位卢浮宫的工作人员打听，这位戴着玳瑁边眼镜的中年女士很自豪地说：我们博物馆这么大，藏品这么多，你说的那种指南怎么编得出来呢？

编不出上述指南时，博物馆往往会编一册该馆藏品的精选集——卢浮宫就有这样一册。这种藏品集也是我喜欢收集的书籍。

却说柏林有一座著名的“色情艺术博物馆”，属私人所有，馆主是一位老太太；而且该馆还有连锁机构——在荷兰阿姆斯特丹也有一座，但规模比柏林的小些。1998 年我到柏林去开会，腾出时间遍访柏林各著名博物馆，这“色情艺术博物馆”因为和我研究的性学史有关，自然在必访之例。那时我就希望有一本该博物馆藏品的精选图册，可惜向馆里的工作人员打听之后，知道这样的图册还未编出来。

几年后，有一天和一位美丽非凡的女士在里斯本街上闲逛，路过一家不起眼的书店，我忽然动念要进去看看，入店随意四顾之下，在一个玻璃柜子的最上层，忽见有一册大书单独摆放，封面上的 *The Erotic Museum in Berlin* 字样，立刻让我想到柏林的“色情艺术博物馆”和那本我期望中的图册，我喃喃自语道：“难道真有人将它编出来了？”

我让服务员小姐将此书取下，一看，果然是专为那座博物馆所编的藏品图册，刚刚出版，而且还是英文的（葡萄牙书店中的书绝大部分是葡文的），我立刻就买下了。在收款装袋时，书店里那两位服务员小姐相互偷偷做了一个鬼脸，但被同行的美丽非凡的女士看在眼里，出店门后，她悄悄对我说，那两位服务员小姐会不会认为我们是不正经之人？我说也可能吧，但这无所谓，关键是好书到手，这才是最重要的。

《柏林色情艺术博物馆藏品集》
封面

《柏林色情艺术博物馆藏品集》
封底

《柏林色情艺术博物馆藏品集》的编者 Hans-Jurgen Dopp，执教于法兰克福的歌德大学，讲授色情艺术的文化史，同时他本人也是一个色情艺术品的热心收藏者。

这本藏品集收集了 1 000 幅左右柏林色情艺术博物馆的藏品照片，从我在该博物馆参观时留下的印象来判断，这确实包括了该馆绝大部分比较优秀、比较重要或比较著名的藏品。书中也有相当数量的文字，主要是介绍藏品的有关情况和背景。

这些藏品大致可以有两种分类：

一种是按照艺术品的地域来分：欧洲（占据了最大的部分）、日本和中国、中近东地区、印度、其他地区（数量较少）。

另一种是按照艺术品本身的形式来分：绘画（占据了最大的部分）、工艺品（包括实用的和非实用的，当然也包括了少量的雕塑和浮雕作品）。

为这部藏品集确定入选的藏品之后，怎样将它编成一本像样的书，也不是一件很容易的事情。为了使本书获得某种结构，编者设置了 10 个主题：

1．“愉悦地图”

2．“色情艺术还是色情文学”

3．“狂欢之梦”

4. “色情与愤怒”

5. “赏心悦目”

6. “寂寞象征”

7. “收藏癖的色情根源”

8. “索多玛的柏林”

9. “否定和肯定——George Grosz 的后期色情作品”

10. “万紫千红”

入选的藏品被分别归入各个主题之下。这样做法的好处是显而易见的——本书由此获得了某种类似“灵魂”的东西，一部色情画册就此被提升到稍具某种学术意味的层次。

柏林色情艺术博物馆历史并不悠久，作为馆藏基础的藏品，主要是从德国几个著名的色情艺术私人收藏家那里收购来的，这就决定了它的藏品不可能分布均匀，面面俱到。这在这本藏品集里面也有反映，例如，上述第8和第9个主题下的藏品，都集中反映了20世纪20年代柏林的特殊风情——思想前卫、情欲放荡、同性恋等等，当时有一批相当有影响的艺术家(上面提到的 George Grosz 就是其中之一)，在绘画和工艺品中大胆表现了这种风情。这方面的作品构成了柏林色情艺术博物馆馆藏的重要部分。

就我个人相对比较熟悉的中国和日本色情艺术品而

言，《柏林色情艺术博物馆藏品集》中未能收入著名作者的作品，也没有什么精品。浮世绘春宫图作品中，最著名的几家作品都未出现。中国春宫图的精品也付缺如。藏品集只是收入了一些中国民间的色情工艺品，如“压箱底”——陶瓷烧制的小型性交人像，既可为新婚夫妇指导性交体位，也暗寓祈子之意。另有一些不太精致的、上面有色情艺术装饰的实用工艺品，看上去似乎是以前妓院或类似风月场所中的日常用品。

总的来说，这本《柏林色情艺术博物馆藏品集》中最有价值的部分，还是欧洲的色情绘画和工艺品，特别是那些集中反映20世纪20～30年代欧洲类似“性解放”思潮的作品，具有文化史乃至思想史的价值。

爱书之人，如有机会前往异域，通常都会以购书为乐事之一。不过在这个问题上，我的认识也有一个演进的过程。20世纪80年代初次出国时，因中国人还不富裕，我辈书生，常感囊中羞涩，见到好书，经常是犹豫再三，仍是无法购买。进入90年代之后，囊中羞涩的问题逐渐解决，这时我对在异域购书有了一种理论，用来为自己的购书行为提供理由：

由于异域的书价通常仍较国内为贵，这些你看中的好书，是不是值得购买呢？这时我认为应该考虑机会成本——假定这本书你在国内无法买到（或至少估计在相当一段时间内无法买到），那你要是千里迢迢到此处——比如说里斯本——来买，需要多大的成本啊？如果一本书在国内绝对买不到，那你如果不出国，它的机会成本就是无穷大；现在有人为你买单，已经将你请到此处了，这方面的成本已经等于零了，书价贵一点，“又何爱焉”（又有什么舍不得的呢）？这样一想，掏钱就很爽快了。

这种理论对我非常有用，至少它经常为我免除遗憾，并带来快感——当年因为囊中羞涩或因为掏钱犹豫，与有些好书失之交臂，回国后经常会遗憾；而现在勇于将自己喜欢的书买回来，到家后细细品味，击节赞叹之余，就经常会为自己能在异国远方将好书买回而快乐啦。对爱书之人来说，此一憾一快之间，岂非出入甚大？

Hans-Jurgen Dopp: *The Erotic Museum in Berlin*, Parkstone Press, 2000.

《性史 1926》：八十年后重新审视

这本《性史 1926》的出版，和我本人有过一点点关系，也可以算一段小小八卦。

20 世纪上半叶，在中国文化界，张竞生毫无疑问是风云人物之一。当年他出版了《性史》（第一集），闹出不小的风波。此后很长时间，在某些保守人士的话语中，《性史》风波是导致张竞生“身败名裂”的直接原因。

八十年后，台湾一家以出版性学书籍著称的出版社，又将目光投向当年的《性史》。也亏得他们肯下功夫，居然将张竞生的后人——他的哲嗣张超先生（张竞生次子）——找到，于是获得同意，将《性史》出新版，就是这本《性史 1926》。

此书问世之前，我很意外地接到张超先生的来信，告

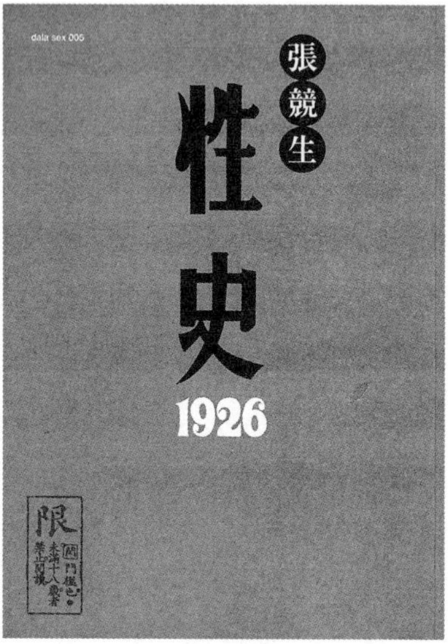

《性史 1926》

诉我他向台湾方面提出一个要求：要将我多年前写的长文《张竞生其人其事》冠诸《性史 1926》篇首，充当导读，出版社也同意了。因他认为拙文“是改革开放以来数百篇对家父的评价文章中最全面、准确和最有学术价值者”。能得张竞生后人如此推许，在我来说当然深感荣幸。出版社也曾就此事征求我的意见，我当然也同意了。

《性史》第一集 1926 年出版，初版印刷 1 000 册。书中收集的是张竞生通过在北京报纸上刊登广告征集来的稿件中的七篇，皆为作者自述其本人性经历之文，如小江平（金满成）《初次的性交》、一轲女士（即张竞生当时的夫人褚问鹃，后来和张闹翻）《我的性经历》等文。前面有张竞生所作之序，每篇文章之前还有张竞生所加的按语。张竞生在按语中发表了不少直白坦荡的议论，诸如每月夫妻之间性交几次才合适、妻子面对丈夫的调情求爱应该如何既羞涩又大胆之类。这些议论多是从他本人的道德标准、审美情趣和生活经验出发的，略举一段为例：

> 譬如有夫对妻说：我看今夜你怎样对付我呢，女子此时不免脸一红，但此时女子应当向其夫热热湿湿地亲一深吻，并应说：恐怕你连战皆败啦！此时情况何等美丽，周围空气又何等热烈；若女子面一红就走避了，则变成何等寂寞无聊了。故只知羞涩而不敢大胆，与只知大胆毫无羞涩的女子同样欠缺自然的美感。

《性史》出版后仅四个月，便先在天津遭禁。起因是南开学校校长张伯苓，致函警察厅称，南开附近的书店出售《性史》《情书一束》《女性美》《夫妇之性的生活》《浑如篇》等书，“诲淫之书，以此为最，青年阅之，为害之烈，不啻洪水猛兽”。于是警察厅下令将《性史》等书全部没收，并且“严密查察，如有售卖，送案究惩，勿稍姑息，以维风化”。

此一卫道之举，当然遭到南开一些开明师生的强烈不满，有人投书报刊，指责“入了张伯苓的南开，就好似入了始皇帝的秦国：教你怎样你就得怎样。……随便草上一封信，而全天津的人便不能再看《浑如篇》、《性史》等书。”周作人在《语丝》的“南开与淫书”一文中发表了投书，并表示了他本人对于此事的态度：周作人说他已经看过《性史》等书，“觉得并没有什么，……不觉得这些书的害甚于洪水猛兽”。又说：

> 我并不因为认识张竞生章衣萍诸君而想替他们辩解，我也不说这些书于科学上或文学上有怎样大的价值，我也不想拿去给自家的或友人家的子女读，然而我也不觉得怎么可怕，自然更没有“查封”之必要。假如我的子女在看这些书，我恐怕也要干涉，不过我只想替他们指出这些书中的缺点与谬误，引导他们去读更精确的关于性知识的书籍。

与周作人当时这样的持平之论相比，其他一些人的态度就要激烈得多了。比如这场风波之后十二年，阿英在抨击鸳鸯蝴蝶派小说作家王小逸（他的小说中不时有些准色情内容）等人的小说时，就说：“简言之，可称为《新性史》，实由于其对于性行为的无掩蔽的写述。”《性史》被视为色情作品的同义语。再过三年，潘光旦在霭理斯《性心理学》译序中，将张竞生斥为“一位以‘性学家’自居的人，一面发挥他自己的‘性的学说’，一面却利用霭氏做幌子，一面口口声声宣传要翻译霭氏的六七大本《研究录》，一面却在编印不知从何处张罗来的若干个人的性经验，究属是否真实，谁也不得而知。”还说“和这种迹近庸医的‘学者’原是犯不着争辩的”，但是终究还是“忍无可忍”云云。

《性史》如何使张竞生大被恶名，还可以看张竞生后来的自述，他在自传性质的作品《十年情场》中说：“近来有些人以为我是巴黎长期的学生；习染了法国的淫风。看《性史》如猪狗的苟且，尽情地任它发泄出来。又有人疑我是一个‘大淫虫’，荒诞淫逸，《性史》就是现身的说法！”

张竞生被此恶名，实在是很大的冤枉。

当初他在报纸上登广告征集性史材料，是和北大风俗调查委员会的教授们事先讨论过的。当《性史》第一集出版时，他已经征集到二百余篇，原准备继续出版若干续集。但他一看社会反应不佳，立刻取消了出版计划，并且通知书店第一集也不可重印。

然而他万万没有想到事情已经无法挽回，他已经落入一个百口莫辩的陷阱之中——上海等地一些不法书商发现《性史》第一集非常畅销，先是大量翻印，接着又盗用张竞生之名，连续出版所谓的“《性史》续集”，据说达十集之多。张竞生不得已，诉诸法庭，有一次也曾判不法书商罚款五百元并不准再盗用张竞生之名出版，但更多的情况下是无法查出出版者，只能徒唤奈何。张竞生又在报纸上刊登启事，希望澄清事实，结果也收效甚微。世人大多被误导，以为《性史》连同所有的续集都是张竞生编印的。上引阿英和潘光旦对张竞生的激烈指控，就是这种误导的结果。

据张竞生自述，他印《性史》第一集，得稿费二百元，他都分发给了各个作者，自己未拿一文。书店预支给他的第二集稿费一千元，他通知取消出版计划时也全数退还了。那时北大的教授收入甚丰，经济非常宽裕，并不会把这点钱看得多重。然而攻击他的人却传说他编印《性史》赚了几十万大洋。

《性史》第一集正文只有七篇文章，加上张竞生写的“序”“一个寒假的最好消遣法——代‘优种社’同人启事”“赘语”三文，全书篇幅甚小。其实这个《性史》第一集，在广州出版社1998年出版的《张竞生文集》中已经全文收入。

而《性史1926》中，除了收入《性史》第一集全文、我的《张竞生其人其事》、张竞生的“谈性史第一集”、张超的“一本书与一个人的命运”诸文外，还收入了他们收集到的“《性史》第二集”。

这个所谓的第二集，包括五篇文章。从形式上看，这五篇文章与第一集中的文章确属同类，但如对内容稍加考察，就会发现很成问题。例如，其第五篇，署名“沦殿”的“佳境：我们的性交经历”一文，从全篇立意、遣词造句到文中的好些段落，一看就知道都是从清代著名色情小说《肉蒲团》中抄来的。张竞生当年居然会没看出来？由此推测，这个“第二集”确实有可疑之处——它很可能就是当年不法书商盗用张竞生名义出版的所谓“《性史》续集”之一。倘若真是如此，那就是这本《性史1926》的白璧之瑕了。

增订版附记：

2014年，《性史1926》获准在中国大陆以单行本出版，出版社采纳了我的建议，将台湾版《性史1926》中

“性史第二集”的名目取消，构成“第二集”的五篇文章也删去了，这为《性史 1926》提供了一个更严肃、也更有学术价值的版本。

《性史 1926》，张竞生编，大辣出版社(中国台湾)，2005 年第 1 版，定价：280(新台币)。

《性史 1926》，张竞生编著，世界图书出版公司，2014 年 2 月第 1 版，定价：68 元。

多妻的小说世界：关于《吝啬鬼、泼妇、一夫多妻者》

缠 绵 绮 梦

Keith McMahon研究中国明清色情小说已经多年，15年前就在著名的汉学刊物《通报》（*T'oung Pao*）上发表长篇论文了。他有一个有点香艳的中文名字：马克梦。马克这两个字，除了使人想到外汇，也可以帮助营造某种异域风情——还记得《上海宝贝》中那个德国情人的名字吗？至于梦，一个多年浸淫在明清色情小说中的人，要做梦的话，一定不乏缠绵的绮梦吧。

研究中国明清色情小说，多年来一直是西方汉学界的一脉。想想人世间的职业，也真是千奇百怪：比如，小男孩为了玩一点电脑游戏，常常不得不费尽心机，用各种手段和严厉的父母周旋，可是却有人以玩电脑游戏为职业——专为出品电脑游戏的公司“试玩”尚未上市的游戏，以便发现游戏中可能存在着的bug，我女儿小时候我告诉她世界上有这种职业，她激动得大叫起来，说我长大就要去干这个！而说到色情小说，情形也有点类似。这类书一直是一般公众甚至学者都很难有机会阅读的——如今主要的困难倒不是找不到这些书，有时候其实是担心来自家人、亲友、上司或同事的压力。我多年前有一个同事，他悄悄向我借《金瓶梅》全本，就要选在他太太出差的那个星期里。可是同样有人可以将阅读色情小说作为工作——而且是“严肃的学术工作”！马克梦基本上就是这样。

《吝啬鬼、泼妇、一夫多妻者》

1995年马克梦出版了他最重要的著作之一《吝啬鬼、泼妇、一夫多妻者——

十八世纪中国小说中的性与男女关系》（*Misers*，*Shrews and Polygamists*：*Sexuality and Male/Female Relations in Eighteenth-Century Chinese Fiction*）。

一对生死冤家

马克梦提出了“吝啬鬼”“泼妇”“一夫多妻者”三种类型，借助这种分类来分析中国色情小说中的性和男女关系。

“吝啬鬼”虽然出现在书名之首，在书中实际上几乎只是附带地被谈到。“吝啬鬼”在概念上被马克梦作为男女关系中禁欲主义的代表（当然他也谈到了小说中一些通常意义上的吝啬鬼形象），在这个意义上，他们“吝啬”什么呢？“吝啬”自己的精液——即房中术理论中的“惜精”。房中术原是为一夫多妻者们服务的技巧，而在性交时保持不射精或尽量少射精、迟射精，原是房中术中的入门功夫，因为只有这样才有可能在短时间内和多个女子性交，进而达到“夜御九女”之类的境界。

但是“惜精”之说也被禁欲主义者接过去，以“一滴精十滴血”之类的危言耸听恐吓世人，这样就可以直接引导到禁欲主义的结论上去，似乎禁绝一切性刺激、性行为才是最理想的。人们往往将这种禁欲主义与“封建礼教”

联系在一起，其实禁欲主义在儒家正统学说中也得不到真正的支持。例如，昔日孟子竭力劝诱齐宣王推行“王道”，齐宣王难之，说自己有“好勇”、“好货”等疾，孟子逐一为之开解，最后说到“好色”一节，孟子认为好色也不是问题：只要能做到“内无怨女，外无旷夫——王如好色，与百姓同之”，那对于王业的成功仍然没有任何妨碍。

至于“泼妇”，在马克梦的安排下，几乎集男性心目中所有女性恶德之大成。“泼妇是恶女人的代名词，她企图利用性的力量制服男人，这种力量包括向男人泼撒媚术、窃取男人的阳精。”“泼妇”还在下意识里寻求现代意义上的男女平等，希望让她也可以去找别的男人，尽管“多数泼妇只要求丈夫不纳妾而已”——那就是“妒”，而“妒”又经常和“悍”联系在一起。但按照马克梦的理解，“泼妇”即使反对丈夫纳妾，也和禁欲主义毫无共同之处，因为“泼妇对贞节痛恨之至”。

在房中术理论中，“惜精”的重要目的之一要吸取女方的“阴精”——大体相当于当年张竞生所说的“第三种水”，即女性在性高潮时射出的爱液——这被认为对男性大有“补益”，即所谓“采阴补阳”。与此对称的、同时也更重要的是，男性的精液对于女性来说更具有“补益”作用（这一点甚至可以得到现代医学的支持），即所谓“采阳补阴”。在中国古代房中术理论和色情小说中，邪恶的女性总是千方百计企图摄取男人的阳精，这种企图一旦成功，男方轻则形销骨立，重则性命不保；女方则起码是“颜色光泽”，年华永驻。在“采阴补阳”与“采阳补阴”两种理论同时的利诱与威胁之下，性交成为一种危险的游戏，一种两性之间的战争——谁先达到高潮，就意味着谁成为战败的一方，他(她)的“精气”就被对方获得，导致损己利人的结果。正是在“窃取男人的阳精”这个意义上，马克梦的“泼妇”与“吝啬鬼”成为一对“生死冤家”。

虚构的真实

在各用一章谈过“吝啬鬼”和“泼妇”之后，马克梦将全书后面10章的篇幅全部奉献给了对“一夫多妻者”的分析和讨论。这些讨论中他涉及的小说有近20部，倒也并非全是色情小说，不过马克梦的兴趣当然集中在这些小说中性和男女关系的内容上。他将这些小说中的一夫多妻情形，区分为不同的类型，比如“纯情的佳人才子”“女超人”“色情化的才子佳人”“纯情的一夫多妻”“妻妾贤淑超群，丈夫浪荡不羁”“浪子和妓女”“乐善好施的一夫多妻者与性快乐的归化”“淫乱的一夫多妻”等等。被他作过比较详细分析的长篇小说有《野叟曝言》《红楼梦》《林兰香》《歧路灯》《绿野仙踪》《蜃楼志》和《儿女英雄传》，以及《春灯谜史》之类的纯色情小说，和《绣屏缘》之类的准色情小说。一夫多妻世界的种种情景——真实的或虚构的，都在马克梦笔下得到观照。

马克梦分析的一夫多妻世界，是中国18世纪色情小说中的世界，这样的世界是否曾经真实地存在过？依据色情小说分析中国人的“性”是否可靠？此事说来有趣——世间有“真实的谎言”，同时也有“虚构的真实”。真实的谎言，常见的办法是举出一系列真实的事情(同时当然要隐瞒更多同样也是真实的事情)，但让这些事情构成一幅虚假的图景。虚构的真实，最容易理解的例证就是小说，小说中的故事情节通常是虚构的，但是这些虚构的情节所组成的更大的场景，则有可能是真实的。

西方汉学界久有通过中国色情小说、春宫画册之类材料来研究“古代中国人的性生活”(高罗佩语)的传统，马克梦的研究，也可以归入这一传统之中。色情小说中的那些性爱情节，当然有很多出于虚构。即使曾有个别人真有能力、有勇气、有兴趣去实践过，那也只能是个别现象，不可能具有普遍意义。但是就更大的“场景”而言，有许多肯定是真实的，比如士大夫阶层常见的一夫多妻家庭，以及这些家庭中妻妾之争宠、丈夫之调处等等。因为至少这些都可以从别的史料得到旁证。

没有别的史料作旁证时，真实的可能性仍然存在。东汉末年曹操攻灭袁氏，将袁熙的太太、当时著名的美人甄氏赐给长子曹丕收纳，孔融写信给曹操讽刺此事，说“武王伐纣，以妲己赐周公”，曹操没听出孔融的讽刺之意(或听出了但故意装傻)，问孔融此说有何出典，孔融说了一句名言——“以今度之，想当然耳”(以今天的情况来推测，应该是这样的)。这里“以妲己赐周公”当然是孔融编出来的说辞，但如果古籍中真有这条记载，后人欲考证其真伪，又没有别的旁证，则孔融所说的名言，确实不失为一条思路——事实上历史学家中就常有这样做的。当今人打算通过明清色情小说来了解当年社会时，就经常不得不实行这条思路——毕竟，人种还是这个人种，心理还是那些心理啊。

一夫一妻与一夫多妻

在马克梦所沉溺于其中的那些小说的年代，一夫多妻在中国人看来是天经地义的事情。在古代中国虽然也可以找到对平民纳妾作某种限制的规定，比如《明会典·律例四》有“民年四十以上无子者方听娶妾”之类，但是大量的历史记载，乃至小说、戏剧等等，所反映的明清时代社会生活中，几乎没有任何人将这类规定认真看待。相反，妻妾成群的有钱人家，在中国历代繁荣富庶地区都随处可见。而且，事实上也找不到古代中国有正式将多妻限为某种阶层独有特权的强烈主张。只要他有能力办得到，人们并不否认一个平民——通常只要他有了足够多的钱就可跻身社会上层——拥有多妻的权力。至于文人们风流自命，纳“小星”，富人纳侧室，娶“外宅”，收“通房丫头”，乃至姨太太成群，都是古代司空见惯之事，直到20世纪上半叶的中国，仍然如此。比如某位被奉为神明的著名人士，就是在未与他的合法妻子解除婚姻关系的情况下，与另一女子组成实际上的夫妻的。这样的例子还不止一两个，就是今天，人们对此也持宽容态度，何况古代？

还有一些学者通过考察古代对妻、妾或女性配偶的不同称呼、她们法律地位的异同、她们在家庭中地位的高低等情况，指出正妻与其余女性配偶的区别。这对于婚姻制度的社会学研究来说当然有其价值，但如果据此就断言古代中国也是实行一夫一妻制或一夫一妻制有“天经地义”的地位，那就混淆了概念。人类学家之言一夫一妻(monogamy)或一夫多妻(polygyny)，是指一个男性的合法女性配偶，这样的配偶不能同时再和别的男性保持合法的性关系，如此种配偶超过一个，即谓之一夫多妻。这是问题的实质，诸女的名份地位之类的异同并不重要.

"世界最终属于一夫多妻者"

马克梦在书中说了一句颇有"名言"架势的话——"然而，世界最终属于一夫多妻者"。不知这话有无深意？在动物界，我们确实经常可以见到，一只强壮有力的雄性担任兽群首领，它同时还独占一群雌性配偶。人从动物中进化而来，上面那幅兽群中的图景，仍是人类长久的记忆。所以在古代社会中，男性的性能力是力量和地位的象征，诸侯要"一娶九女"，天子则有"三宫九嫔二十七世妇八十一御妻"（《礼记 · 昏义》），外加随时可作、多多益善的猎艳。

由于西方社会曾长期实行一夫一妻制，那个社会中的学者认为一夫一妻制是发乎人类本性的，是亘古如斯的，似乎是天经地义的。但伴随着学术的进步，偏见和误解早晚要被更实事求是的结论所取代，在当代西方流行的人类学理论教科书中，可以看到如下陈述："虽然西方社会和其他高度工业化的社会都不允许一夫多妻婚，但是它却存在于世界各地的大多数社会中。默道克（Murdock）世界民族志抽样调查表明，百分之七十以上的社会允许一夫多妻

婚。”（Carol R. Ember 等：《文化的变异》）

何况在这个问题上，西方社会也没有理由被过分美化。虽然在法律上是一夫一妻，但照样可以有情妇、婚外恋、妓女之类的办法来“补救”。到了我们今天的社会，在法律上告别一夫多妻也接近一个世纪了，但上面那些办法一样也不少。尤其是“婚外恋”，实际上很难明确界定，为了将事情弄得温情一些，人们发明了诸如“红颜知己”、“贴心的异性朋友”（女士专用的表达法）之类的说法，听上去就容易接受多了。

男性之向往多妻，或者说“多配偶倾向”，很多学者相信是有生物学根源的。当然这种信念也经常受到女权主义者，或一些非女权主义的女性的痛斥。其实女性也未尝没有多配偶倾向，向往多夫的也大有人在。在这个问题上，男女同样应该是平等的。

《吝啬鬼、泼妇、一夫多妻者——十八世纪中国小说中的性与男女关系》，［美］马克梦著，王维东等译，人民文学出版社，2001 年 3 月第 1 版，定价：20 元。

描述当头，观点也就在其中了

——读《乳房的历史》

为人类的某个器官写一部历史，也算别出心裁。当然，并不是所有的器官都能写得成一部历史，比如“阑尾的历史”或“脾脏的历史”，恐怕就写不成，因为这些器官上没有多少“文化”，可供形成“历史”。但是乳房不同，乳房上的“文化”，可是深

《乳房的历史》

厚之至——它联系到生育、性爱、健康、政治、商业、审美……所以当1997年，美国从事“女性和性别研究”的女学者玛莉莲·亚隆(Marilyn Yalom)出版《乳房的历史》(*A History of the Breast*)一书后，立即引起了许多读者的兴趣和注意。

《乳房的历史》实际上是一本“乳房文化史”，虽然结构上看不出多少高明之处，也未见有深度的理论分析——从表面上看，甚至没有什么“观点”。但作者收集了大量资料，有些资料是读者平时不易见到的；还有不少资料是平时人们不从“乳房文化”的角度去看的。这样将“乳房文化史”描述出来，也就很有价值了。其实在西方，有许多颇有学术价值的著作都是这样的。

在中国传统的主流审美观念中，乳房可以说没有任何地位，如果要对中国做类似的文化史，恐怕只能做头发或脚——事实上都已经有人做过。如果说早期方绚《香莲品藻》之类的作品还带有无聊文人吟风咏月甚至恋足癖的色彩，那么到姚灵犀编的《采菲录》，大体上就有一点像玛莉莲·亚隆对乳房所做的工作了，但是姚灵犀没能搜集图像资料。而在中国今日媒体上到处可见的丰乳隆胸广告中所反映的审美观念，则完全是西风东渐的结果，其历史绝不会超过一百年(当代中国女性中不再讳言乳房的当然大有人在，比如吴霭仪有一本集子取名《知识分子的乳房》)。从这个角度来考虑，《乳房的历史》一书中译本的出版，又另有一重意义。

玛莉莲·亚隆对与乳房有关的史料，搜集可谓不遗余力。举凡宗教典籍、文学作品、古典雕塑、名人回忆、广告招贴、宣传海报等等，无不纳入视野，从中观察乳房文化之演变。全书共有插图 99 幅，每幅下皆有可以独立于正文阅读的说明文字。这些说明文字往往既点出了这幅插图的价值和意义，也富有阅读趣味，例如原书图 51：

> Bernard 绘，《向七十五军致敬》，法国海报，1914 年。为了鼓舞爱国情操，一次大战时的法国海报将玛丽安(Marianne，作为法国象征的类似女神的人物——江按)色情化，让她裸身站在加农炮前，发丝飘扬，坚挺的双乳不畏德军的侵袭。

又如展示轰炸机机身上所绘裸乳金发美女做胜利手势的原书图 61：

《有点危险》，1943 年 8 月 12 日。驻扎于英国空军基地的波音 B－12 飞行堡垒轰炸机 388 轰炸大队。二次大战的机身绘图艺术融合了乳房、危险、摧毁与胜利。

这类笔触，书中到处可见。

还有一点，也值得一提——在西方的“女性与性别”研究者、特别是女研究者中，常有女权主义倾向，她们的作品也往往带着女权主义的烙印。但是在玛莉莲 · 亚隆的《乳房的历史》中，我们看不到这种烙印。她的观察是敏锐的，但态度则是平和的。即使叙述到紧身褡对女性身体的改造和伤害——在很大程度上和中国古代缠足同样性质——这类内容时，也没有对“男权社会”或“男性中心主义的审美”作任何批判和讨伐。

强调了玛莉莲 · 亚隆对乳房文化史的“述而不作”的描述，却反而引出了我自己发表一个“观点”的欲望。《乳房的历史》使我想到一个近来常在思考的问题： 那些以描述为主、没有多少宏论的著作，是否可以具有很高的学术性?

多年以来，我们习惯于空疏浮夸的“学”风，喜欢徒托空言，大发议论。先前有所谓“论从史出”和“以论带史”之争，无论前者还是后者，着眼点都在“论”上。大焉者构建“理论体系”，小焉者发为惊人之说，必出一番宏论而后已。久而久之，许多人已经习惯于一定要在文章或著作中“提出自己的观点”，而且一般性地提出观点（比如有所谓“夹叙夹议”）还不行，通常还要摆开一个论断的架势才行。

其实，描述也有学术价值。从时间的维度——其历史沿革、从空间的维度——其分布范围、从社会的维度——其影响作用，将某个事物、某种文化现象描述清楚。例如，西方许多文化人类学著作——其实《乳房的历史》也可以归入其中——就是这样做的。难道没有学术价值？难道不比那些平庸的、陈词滥调的、卑之无甚高论的“观点”更有学术价值？

在这个问题上，参照科学哲学理论中的有关方面，也有启发。早先人们在朴素的客观性假定的简单指导下，坚信科学理论必定是建立在观察基础之上的——通过绝对“客观”的观察，才能归纳出理论。然而现代科学哲学的发展早已指明，绝对“客观”的观察是不可能存在的，在观察程序的设计、观察结果的表述等问题上，必定有某种理论的介入。作为一种类比，我们也不难看到，绝对“客观”的描述同样是不可能存在的，在描述对象的取舍、描述语言的选择等问题上，也必定有某种“观点”——实际上也就是理论——的介入。故鄙意以为，在这个问题上我们可以仿照某前伟人之名句句型曰：

描述当头，观点也就在其中了。

《乳房的历史》，［美］玛莉莲·亚隆著，何颖怡译，(中国台湾)先觉出版股份有限公司，2000 年 3 月第 1 版。

那部传说中的千年秘籍《医心方》

从几个方面来看，《医心方》都不愧为“千年秘籍”。

此书由日本人丹波康赖编撰，据书前之序，成书的年份为中国北宋的雍熙元年（公元 984 年，李约瑟在《中国科学技术史》中曾说此书成于公元 982 年，不知何据），这年本来是日

《医心方》

本圆融天皇的“永观”二年，不过这一年这位天皇将皇位让给了花山天皇，自己退位为“上皇”了。编成《医心方》在当时也算日本文化界的一件大事，但此书长期深藏，不为世人所知，直到将近九个世纪之后的公元1854年，方才刊印行世。

1982年春，我进入北京的中国科学院自然科学史研究所念研究生。当时自然科学史研究所的图书馆，已经是国内最好的科学史专业图书馆，就科学史的专业图书而言，虽北京图书馆(今“国家图书馆”)亦不能及，而且馆藏视野十分广阔，五花八门的奇书往往有之，但偏偏这本《医心方》却没有收藏。

那时诸位师兄长期夫妻分居两地，闲暇时不免经常谈论性事以为排遣。在他们口中，《医心方》是一本“传说中的”奇书——主要是因为其中有大量中国古代房中术的文献。这类历史文献当时很难看到。叶德辉的《双梅景闇丛书》里面有几种这类文献，但此书科学史所图书馆也没有。当时有同学从中国科学院图书馆将《双梅景闇丛书》借了回来，不料当我据此写成的《中国十世纪前的性科学初探》一文发表后，听说此书就被锁入馆长办公室的柜子里，禁止外借了。

我第一次接触到《医心方》，已经是1988年了。当时中国科学技术大学专门为我开了一份介绍信，给安徽中医学院图书馆，请他们接待我查阅该馆所藏的《医心方》——藏有人民卫生出版社1955年的缩印影印本，以及该缩印本所依据的日本安政元年（1854年）医学馆影刻本。不过按照当时的“规定”，此书只准当场查阅，不准复印，为此我又和图书馆的管理员缠磨了许久，最后终于劝说得她心软了，这才得获准复印了其中的一部分——我复印了房中术文献集中的卷二十八全文以及另几卷中的相关内容。

回上海后我将复印的“《医心方》选本”装订成册，当然也研读过多次。现在翻开这册二十多年前的复印本，但见写满了密密麻麻的批注和自编的索引，真是古人所谓“丹黄满纸”了——我还真的用了红笔和黄笔。

有关性的知识，本来在中国古代医书中常有收载，唐代尤甚。比如孙思邈的《备急千金要方》卷二十七、甄权《古今录验》卷二十五、王焘《外台秘要》卷十七等，都有若干记载。不过作者们通常总是把性知识作为很小的一节，并且往往在书靠近末尾部分才出现。历代官修史书中的《艺文志》《经籍志》等史志书目，房中术著作也多半著录在“子部·医方类”的接近末尾处。

今天我们能在其中找到最系统的房中术材料的医书，当推《医心方》。那时日本人学习中国文化不遗余力，大量中国作品，包括文集、诗集、佛经等等，被日本来华的官员、学者、商人、僧侣等收集带回日本，其中自然包括中国历代的医学书籍。丹波康赖正是在这些医书的基础上，编成《医心方》的。他当时的身份是“从五位下行针博士”，应该属于有一定地位的技术官吏。

《医心方》收录了《素女经》《玉房秘诀》《洞玄子》等房中术专著中的大量内容，按不同方面的问题分类编排，并在每一段之首载明出于何书。这些内容主要集中在《医心方》卷二十八，此外在卷十三、卷二十一、卷二十四、卷二十六、卷二十七中也有一些。多亏了《医心方》，中国十世纪以前的房中术理论才得以保存其主要内容直至今日。按照叶德辉在《双楳景闇丛书》第一种《新刊素女经》序中的意见，“大抵汉、隋两志中故书旧文十得八九”。说“十得八九”虽未必确，但《医心方》作为今天研究中国十世纪以前的房中术的主要材料来源之一则无可疑。

《医心方》的珍贵之处，至少有两点特别值得注意：一是当年丹波康赖所引用的不少中国古籍，现在已经失传了，所以《医心方》成为保存它们内容的早期文献，甚至是唯一文献。二是此书是中国传统技术在历史上向周边地区辐射的“重量级证据”之一，所以得到了中日学术界的高度重视和关注——在日本甚至有一个“《医心方》一千年纪念会”，出版了《〈医心方〉一千年纪念志》（1986）等书。

《医心方》中对男女性爱的研究，可谓巨细靡遗无微不至，以下仅略举数例以见一斑：

例如，卷二十八之“卅法第十三”，引用《洞玄子》中所收集的三十种性交体位和姿势，开首云：“考覈交接之势，更不出于卅法，其间有屈伸俯仰，出入浅深，大大是同，小小有异，……知音君子，穷其志之妙矣。”以下逐一详述各种体位和姿势，其中有些是需要不止一名女性与男子共同配合才能完成的。

又如，卷二十八之“和志第四”，仍引用《洞玄子》，以相当文学性的语言描述性交之前前戏的重要性，谓“凡初交会之时，男坐女左，女坐男右，……于是勒纤腰，抚玉体，申嬿婉，叙绸缪，同心同意”，而前戏的成效，则被描述为“哨然上耸，若孤峰之临迥汉”和“涓然下逝，若幽泉之吐深谷”——当然就是勃起和湿润，“势至于此，乃可交接”。作者认为，这种前戏所达到的两情相悦恩爱缠绵状态，“乃阴阳感激使然，非人力所致也”。而如果前戏达不到此种状况，那就是“病发于内，疾形于外”，一定是有生理或心理方面的问题了。这个结论现代性学也是认同的。

再如，在性交时了解女性处于性反应周期的何种阶段，被视为重要课题，《医心方》卷二十八共用了“五征第七”“五欲第八”“十动第九”三节，总共提出了二十种女性的体态反应和动作，用以判断女性的性反应状态。其中包括“面赤”“乳坚”“阴滑”“尻传液”“汗流湿衣裳”“身直目眠”“两手抱人”“举身迫人”“身布纵”等等，虽难免“男性中心主义”之讥，但确实皆来自实际观察，非虚语也。

《医心方》作为中国传统性学早期文献重要来源的特殊地位，直到1973年才有所削弱，这年在长沙马王堆汉墓出土文物中有五种性学帛简书，后被定名为《养生方》《杂疗方》《十问》《合阴阳》和《天下至道谈》，其年代比古罗马奥维德的《爱的艺术》和古代印度筏磋衍那的《爱经》都要早。其写定年代下限，可以确定为汉文帝十二年（公元前168年）；年代上限，则可以上推至西汉初年，或秦汉之际，而且这只是这些文献写定的年代，因文献中的理论已经相当成熟，它们当然可能来自更早的年代。从内容上看，此五种性学文献毫无疑问就是《医心方》中房中术理论的源头。至此《医心方》在中国性史上的地位退为中继站——当然其地位仍是无可替代的。

中国房中术源远流长，据现已掌握的史料言之，自先秦直至今日，两千余年间一脉相传。从马王堆汉墓帛简书中的五种文献，经过六朝隋唐时期由《医心方》集其大成的经典著作，下及明代《既济真经》《修真演义》《素女妙论》等晚期作品，其最基本的原则、技巧和诉求始终不变。房中术可以说是中国文化中最稳定的重要传统成分之一。

《医心方》，［日］丹波康赖编，人民卫生出版社，1955年6月第1版，1993年第3次印刷，定价：33元。

高罗佩和难睹真容的《秘戏图考》

《秘戏图考》

荷兰外交官高罗佩（R. H. van Gulik），因撰写《秘戏图考》及《中国古代房内考》两书而著称，由此获得汉学家的学术声誉。两书中，后者在中国较为知名，李零翻译的中译本1990年出版时还是“内部读物”，后来也再版重印，公开发行了。而前一部书，虽然中国读者久闻其名，却至今难见真容。

高氏1910年生于荷兰，3至12岁随担任军医的父亲生活于印度尼西亚，种下热爱东方文明的根芽。中学时自习汉语，1934年入荷兰莱顿大学读法律，但醉心于东方学，修习汉语、日语及其他亚洲语言文字。获博士学位后，奉派至日本任外交官。在日本时，高氏四处搜求中国图书字画、古玩乐器，居然成为珠宝鉴赏家；高氏又通中国书法及古乐，能奏古琴，作格律诗。1942～1945年间，高氏在中国任外交官，与郭沫若、于右任、徐悲鸿等文化名流时相过从。高氏渴慕中国传统士大夫生活方式，自起汉名高罗佩，字忘笑，号芝台，名其寓所曰“犹存斋”、“吟月庵”；并于1943年娶中国大家闺秀水世芳为妻。1949年高氏又回日本任职。此外他还曾任外交官于华盛顿、新德里、贝鲁特、吉隆坡等处。1965年出任驻日大使，1967年病逝于荷兰。

高氏生前，涉猎广泛，先后在世界各地出版论著、小说、译作及史料凡16种如下：

1. 《广延天女，迦梨陀娑之梦》（*Urvasi，a Dream of Kalicasa*），1932。

2. 《马头明王诸说源流考》（*Hayagriva, the Mantrayanic Aspect of Horse-cult in China and Japan, with an introduction on horse-cult in India and Tibet*），1935，高氏的博士论文。

3. 《米布论砚》（米芾《砚史》之英译及注释），1938。

4. 《中国琴道》（*The Lore of the Chinese Lute*），1940。

5. 《嵇康及其〈琴赋〉》（*Hsi K'ang and his Poetical Essay on the Lute*），1941。

6. 《首魁编》（中文日译），1941。

7. 《东皋禅师集刊》，1944。

8. 《狄公案》（*Dee Goong An*），1949。

9. 《春梦琐言》（*Tale of a Spring Dream*），1950，明代色情小说，高氏据其在日本所搜集之抄本印行。

10. 《秘戏图考》，详见下文。

11. 《中日梵文研究史论》（*Siddham, an Essay on the history of Sanskrit studies in China and Japan*），1956。

12. 《棠阴比事》（英译及注释），1956。

13. 《书画说铃》（英译及注释），1958。

14. 《中国绘画鉴赏》（*Chinese Pictorial Art as viewed by the Connoisseur*），1958。

15. 《长臂猿考》（*The Gibbon in China, An essay in Chinese animal lore*），1967。

16. 《中国古代房内考》（*Sexual Life in Ancient China, A preliminary survey of Chinese sex and society from ca. 1500 B.C. till 1644 A.D.*），1974。

高氏作品在欧美最为风靡者，是他创作的英文系列探案小说《狄公案》，共计 15 部中篇和 8 部短篇，已有中译全本，译者为陈来元、胡明。译文仿明清小说笔调，流畅可读。近年有将《狄公案》故事改编为同名电视连续剧者，去高氏原著中典雅意境颇远。《狄公案》假托唐代武则天时名臣狄仁杰，敷演探案故事，借用西方探案小说技巧，渗透西方法律和价值观念，同时又济之以对中国古代社会文化、风俗民情及传统士大夫生活方式的深入体察，颇有中西合璧之妙。自 1949 年出版起，至今在欧美再版不绝。致使“狄公”（Judge Dee）在西方读者心目中成为“古代中国的福尔摩斯”。

中国色情文艺作品收藏家在日本不乏其人，高氏也热衷于搜藏及研究晚明色情文艺，他在日本偶然购得一套晚明春宫图册《花营锦阵》的翻刻木版，认为价值甚高，遂着手将其印刷出版。起先他只打算附一篇关于中国春宫图艺术的概论，及至动笔撰写，始觉洵非易事，还须了解更多关于中国古代性生活、性习俗等方面的知识。因对这一领域中前人工作全都看不上眼，高氏决定自己来做一番“筚路蓝缕以启山林”的开创功夫，于是撰成《秘戏图考》（*Erotic Colour Prints of the Ming Period, With An Essay on Chinese Sex Life from the Han to The Ch'ing Dynasty; B.C. 226～A.D. 1644,*）一书。《秘戏图考》是他自题的中文书名。

该书并未公开出版，只在1951年于东京由高氏私人印行50部。他将此书分赠世界各大图书馆及博物馆，认为“此一特殊专题之书，只宜供有资格之研究人员阅读”。虽然他后来公布了此书收藏单位的名录，但只包括欧美及澳洲的37部，而“远东除外”。根据现有证据，中国大陆未曾获赠。现在能够看到的较好版本为中国台湾影印本。

《秘戏图考》全书共三卷，书中所有英、汉、梵、日等文，皆由高氏亲笔手书影印。

卷一为“一篇汉至清代中国人性生活之专论”，又分为三篇：上篇为中国古代与性有关的文献之历史概述；中篇为中国春宫图简史；下篇为《花营锦阵》中与图对应之二十四阙艳词的英译及注解，主要着眼于西人阅读时的难解之处。

卷二为“秘书十种”，皆为高氏亲手抄录的中文文献。第一部分系录自日本古医书《医心方》卷二十八“房内”和中医古籍《千金要方》卷二十七“房中补益”，以及敦煌卷子伯二五三九上的《天地阴阳交欢大乐赋》。第二部分为高氏搜集的明代房中书《纯阳演正孚祐帝君既济真经》《紫金光耀大仙修真演义》《素女妙论》，以及一种残页《某氏家训》。第三部分为两种春宫图册《风流绝畅图》《花营锦阵》之题辞抄录。又有“附录”，抄录若干零星相关史料，最重要者为四种色情小说《绣榻野史》《株林野史》《昭阳趣史》及《肉蒲团》中的淫秽选段。

卷三即全书最初方案中的主体——影印《花营锦阵》全册（二十四幅春宫图及各图所题艳词）。还有选自其他春宫图册的春宫图二十幅。其中十幅系按照晚春宫图木刻套色彩印工艺在日本仿制而成。

1992年，大陆终于出现了《秘戏图考》的中译本——但删去了全部《花营锦阵》和其他所有真正的春宫图，以及所有的色情小说选段。保留下来的内容已经成为《中国古代房内考》的子集；而且在编校质量上也有欠缺。比如对所引古籍的句读标点，高氏手抄原版也有几处小误，但中译本有时却将高氏原不误者改误，又如多处出现因形近而误之错字。在《中国古代房内考》中译本已经出版的情况下，再出这样一个《秘戏图考》删节本实在意义不大。

高罗佩的欠缺和硬伤

《中国古代房内考》

对于高罗佩的《秘戏图考》和《中国古代房内考》，如作总体评分，则《房内考》反逊于十年前的《秘戏图考》。

这是因为《秘戏图考》涉及领域较窄，所定论题只是晚明色情文艺及其历史渊源，高氏对此尚可游刃有余。而且书中对于春宫图册及其印版、工艺等方面的详细考述，又富于文化人类学色彩。但到了《房内考》，所设论题大大扩展，高罗佩在社会学、史学、性学等方面的学殖和理论素养，是不太够的，就显得有些力不从心了。

高氏“两考”中的问题，可以分为整体欠缺和具体硬伤两方面来谈。

整体欠缺主要表现在《房内考》对史料掌握运用方面。

中国历朝的正史，史官虽各有偏见和忌讳，但并未在正史中完全回避与性有关的问题。就性与社会、政治等方面关系而言，正史中有大量材料，是其他史料来源无法替代或与之相比的。这方面的史料高氏几乎完全未加注意。看来高氏从鉴赏晚明春宫图进入这一领域，从一开始就没走正门，虽然能见人之所罕见，却也严重局限了他的目光。

中国古代还有浩如烟海的稗官野史，包括文人的杂记、随笔、志怪小说之类。这类作品在题材上几乎没有任何限制，由于多属私人游戏笔墨。因而政治或道德方面的忌讳也比较少。许多文人私下所发表的对性问题的看法和感想，许多关于性变态的记载，以及关于娼妓业的社会学史料，都保存在稗官野史之中。在这方面，高氏只注意到了极小的一部分，而且所引材料也缺乏代表性。此外对于反映文人个人精神世界的大量诗文，高氏基本上未能掌握运用，只是偶尔提到个别作品如薛涛、鱼玄机的诗——难免有猎奇之意。

又如中国先秦史料，诸子或多或少也都注意到性问题，儒家经典对此尤为重视。但高氏仅注意到《礼记》中的一些材料，以及《左传》中有关事例的一部分，其他大量史料都未涉及。再如佛典中也以一些独特的角度涉及性问题，如为禁欲而定的戒律、“以欲钩牵而入佛智”等，高氏对这些都未加注意，只将目光集中于金刚乘的双修术上。

高氏以现代外国之人而论古代中国之事，况且又是开创性研究，除了史料运用有整体性欠缺之外，书中出现一些具体失误，乃至硬伤，也在情理之中。

例如，高氏认为“中国社会最初是按母权制形式组成”，但是现代人类学理论普遍倾向于否认这种制度的真实性，因为迄今尚未在人类历史上发现任何母权制社会的确切证据；在中国古代也没有这样的确切证据。注意“母权制”（matriarchy）与“母系制”（matriliny）不是同一概念。在母系制社会中，仍可由男性掌握大权。

又如，高氏在《房内考》中引述《左传·哀公十一年》卫世叔离婚一事时，将“侄娣来媵”之“娣”误解为侄之妹，而实际上应是妻之妹。

再如，高氏引述《世说新语·贤媛》记山涛之妻夜窥嵇康、阮籍留宿事，说这是山涛妻想验证嵇、阮之间有无同性恋关系，未免附会过甚。

高氏有时年代错记、引文有误，这类小疵不必一提，也无伤大雅。但他也时常出现不该有的“硬伤”。

比如他搜集、研读中国古代房中书甚力，却一再将《玉房秘诀》中“若知养阴之道，使二气和合，则化为男子；若不为男子，转成津液流入百脉……”这段话误解为“一个女人如何在交合中通过采阳而改变性别”，并与“女子化为男子”之说扯在一起。然而只需稍稍披阅《玉房秘诀》等高氏经常引用的房中书，就可明白上面那段话，是说男精可在子宫内结成男胎，若不结胎，也能对女方有所滋养补益。事实上，几乎所有中国古代医书和房中书在谈到“种子”时，都只着眼于如何结成男胎，“弄瓦之喜”是不值一提的。

春宫图的评述鉴赏，应是高氏无可争议的强项，然而他在这方面也有令人不解的硬伤。最突出的一例，是在谈到春宫图册《花营锦阵》第四图时。

高氏指出它是从另一春宫图册《风流绝畅》中移补而来的，但高氏描述其画面云："一个头戴官帽的男子褪下了裤子，姑娘(此处高氏原文为girl)的裤子则脱在桌上。姑娘的一只靴子已脱落。"然而检视《秘戏图考》中所印原图，这个所谓的"姑娘"穿的却是男式靴子，脱落了靴子的那只脚完全赤裸着，是一只未经任何裹脚摧残的健康天足。

这样问题就大了：因为按晚明春宫图的惯例，女子必定是缠足，而且在图中女子全身任何部位皆可裸露描绘，只有足绝不能裸露；对于这一惯例，高氏应该是熟知的，并不止一次强调指出过，例如他说："我尤其要指出中国人对表现女性裸足的传统厌恶。……只要让读者知道女子的裸足完全是禁忌就够了。即使最淫秽的春宫版画的描绘者，也不敢冒犯这种特殊禁忌。"这一禁忌也可以在著名色情小说《肉蒲团》第三回中得到佐证，作者说："要晓得妇人身上的衣服件件去得，惟有褶裤(脚带)去不得。"所以在晚明春宫图中，女子的小脚永远是被褶裤遮掩着的。

既然如此，这幅《花营锦阵》第四图就不可能是描绘男女恋情。事实上它描绘的是两男肛交。这幅画的题辞《翰林风》，标题已经指明是男同性恋；开头两句"座上香盈果满车；谁家年少润无瑕”，其中“年少”一词通常都指少年男子；“果满车”用了“掷果潘郎”的典故，更表明为男子无疑。

高氏之误，可能是因图上那少年梳了女式发型而起。然而这种换妆在当时并不罕见，例如在同时代的小说《金瓶梅》第三十五回“西门庆为男宠报仇，书童儿作女妆媚客”中，就有确切的例证。看来高氏研读中国古籍，即使是与他特别关注的色情文艺有直接关系的作品，也还是时有粗疏之处。

又如，高氏推测“明朝以前的春宫画卷似乎一种也没有保存下来”，然而这只是他未曾看见而已，例如在敦煌卷子伯二七〇二中，就有线描春宫图（当然不及晚明的精美）。

再如，高氏寓目的晚明春宫图如此之多，却偏偏忽略了《新刻绣像批评金瓶梅》（约刊于1630年前后）的插图，这两百幅插图中有几十幅是春宫内容，这些插图中人体比例之优美、线条之流畅，远胜于高氏推为上品的《鸳鸯秘谱》和《花营棉阵》等画册。

性学视野中的戈登广场46号

——布卢姆斯伯里往事之一

弗吉尼亚·伍尔芙(Virginia Woolf)曾有名言曰:“在戈登广场46号,没有什么是不能谈的,没有什么是不能做的,这是文明的一次伟大进步。”(《生命的瞬间》)这几句话几乎可以视为布卢姆斯伯里(Bloomsbury)文学圈子的“革命宣言”。这是一个英国上流社会的文化人圈子,这个圈子与同性恋有着不解之缘。

在戈登广场46号的客厅里,人们经常谈的是什么呢?首先是关于性的问题。在这方面,这里的人们有着完全的言论自由,瓦内莎·贝尔(Vanessa Bell,就是前些年在中国引起官司的著名才女K的英国情人朱利安的母亲)写道:“大家可以毫不皱眉地谈论亲吻、肛交、口交和爱抚。”伍尔芙也说：“性事渗透在我们的谈话中，‘男色’这个词不断在我们口中出现。我们带着同样的热情和自由来谈论交媾和谈论善良本性。”

《欧洲同性恋史》

戈登广场 46 号客厅里的人们，在性爱方面并不是仅仅满足于纸上谈兵的意淫之辈，正如《欧洲同性恋史》的作者弗洛朗斯·塔玛涅所说，布卢姆斯伯里圈子“创造了一种非常自由的生活方式。同性恋和双性恋是那里的标准，但却伴随着情人和伴侣的不断交换，感情的坦诚胜过嫉妒心”。事实上，布卢姆斯伯里这些成员之间，有着错综复杂却能相安无事的性爱关系。这正是伍尔芙笔下“没有什么是不能做的”之真实所指，而这样的言行，被伍尔芙视为“文明的一次伟大进步”。

布卢姆斯伯里是伦敦中北部的居住区，1905 年，弗吉尼亚·伍尔芙、瓦内莎·贝尔等人移居戈登广场46号，并在这里发起每周四的晚间聚会，这被视为这个圈子成立的标志。这个定期聚会最初和剑桥大学的一个文学社团“使徒社”有关，后来逐渐以“布卢姆斯伯里”名世。对中国读者而言，布卢姆斯伯里的著名人物除了上述两位女士之外，比较熟悉的似乎只能数到经济学家凯恩斯(John M. Keynes)了。

在哈罗德·布鲁姆(Harold Bloom)主编的《伦敦文学地图》中，布卢姆斯伯里圈子的文学见解被认为是完全不足道的，“很快就被人淡忘了”。而这个圈子的声誉，则是“来自于他们富有传奇色彩的约会以及成员之间的三角恋爱关系”。这样的判断当然是偏颇的，但是“布卢姆斯伯里发展出一套性学理论和私人关系，质疑了维多利亚朝的道德基础”，这确实是布卢姆斯伯里的引人注目之处。

这个圈子里的许多男性成员是同性恋者，例如李顿·斯特雷奇(Lytton Strachey)和他的表弟，画家邓肯·格兰特(Duncan Grant)；而格兰特后来又爱上了凯恩斯。但格兰特还和深爱着他的瓦内莎·贝尔生了一个孩子。女性成员中，至少伍尔芙是女同性恋者——她虽然结了婚并也会对丈夫怀有“深深的柔情”，但丈夫无法引起她的生理欲望。据说这与她童年时代遭遇过异父兄弟的性侵犯有关。

但伍尔芙已经爱上过至少两个女性，而当她40多岁遇到青年女子维塔·萨克维尔-韦斯特（Vita Sackvill-West）时，激情迸发。她和维塔相爱，并发生了肉体关系。维塔出身贵族，而且是一位女诗人。伍尔芙为维塔写了奇情异想的小说《奥兰多》（*Orlando*），小说中雌雄同体的“美丽佳人奥兰多”就是以维塔为原形，其中很多情节都以维塔的经历为素材。1992年的同名电影选择了身兼两性之美的女演员斯文顿(T. Swinton)来饰演奥兰多，可谓深谙其旨。

同性恋在20世纪20年代有过一段黄金时代，但这段黄金时代在德、法、英三个主要欧洲国家中的表现各有千秋。

在德国，虽有对同性恋治罪的法律“第175条”的威胁，有社会上的鄙视和偏见，但由于为同性恋者争取权利的运动先驱者们持续不懈的努力，终能营造出二十年相对宽松的环境，柏林在此期间竟成为“同性恋的世界之都”。而法国由于法律不对同性恋治罪，也就无需搞什么运动，但这也使得法国在这一时期的同性恋史上相对显得乏善可陈。当然法国也不缺同性恋的文化名人，比如马塞尔·普鲁斯特（Marcel Proust）和安德烈·纪德（André Gide)。普鲁斯特的文学才能虽被肯定，但他因同性恋而被指责为“一个病态的人、知识分子中的堕落者”。纪德本人确实是一个同性恋者，他的作品《哥利东》（*Gorydon*，1924）引起争议，使他被归入同性恋作家行列。

相比之下，英国的同性恋论运动比不上德国，论名人比不上法国，但是同性恋在英国贵族中却是很有传统的。英国的贵族“公学”制度，被视为滋生同性恋的温床，九大著名公学中七所是寄宿制的，各校同性恋盛行。从这些学校出身的英国贵族男性，从少年时代起就视同性恋为家常便饭，再将此风带往牛津、剑桥。所以许多描写 20 世纪初期英国贵族生活的小说、电影里，总有同性恋之类的主题。这些作品如果孤立来看相当“腐朽没落”，但是置于那个时代的有关背景中，就显得很容易理解了。

伍尔芙等人搬入戈登广场 46 号是 1905 年，上距奥斯卡·王尔德(Oscar Wilde)因同性恋获罪不过 10 年。按照英国 1885 年的法律(王尔德即据此被定罪)，布卢姆斯伯里圈子中人的言论和行为，很容易面临指控。但数十年间，他们通过文学作品和活动，高调宣扬包括同性恋在内的各种“先锋”理念，而且身体力行，居然全都安然无恙。

《欧洲同性恋史——柏林、伦敦、巴黎，1919～1939》，［法］弗洛朗斯·塔玛涅著，周莽译，商务印书馆，2009 年 4 月第 1 版，定价：60 元。

戈登广场46号与中国的文艺缘

——布卢姆斯伯里往事之二

1936年1月到1937年1月，英国女画家瓦内莎·贝尔(Vanessa Bell)的儿子、弗吉尼亚·伍尔芙(Virginia Woolf)的外甥、布鲁姆斯伯里文学圈子中的青年才子朱利安·贝尔(Julian Bell，1908～1937)，在中国闹了一场高调的、蜚声中外的、堪称“轰轰烈烈”的婚外恋。这场婚外恋甚至可以视为英国布卢姆斯伯里文学圈子和中国文人之间一段脱离政治、超越时代的文学交往的象征。

28岁的朱利安应聘到武汉大学文学院来当教授——当时就很“国际化办学”的，他承担三门课程：《英语写作》《莎士比亚》和《英国现代主义作家》，每周16课时，年薪700英镑，聘期三年。谁知他刚来几个月，就和院长陈源

（西滢）的夫人、比他年长 8 岁的女作家兼画家凌叔华堕入情网。这场“国际婚外恋”的八卦花絮不是本文要讨论的，这里我们只关注这场婚外恋所结出的中英文化交流之果。

从“布卢姆斯伯里往事之一”中我们已经知道，布鲁姆斯伯里文学圈子到此时已有 30 年历史，早已蜚声英伦之外，有了国际性的影响。而中国文化人与布鲁姆斯伯里文学圈子的交往，至少可以追溯到 20 世纪 20 年代。徐志摩 1921 年到英国剑桥之后，就和这个圈子有了交往，他和罗杰 · 弗莱（Roger Fry）最谈得拢，此人一生痴恋瓦内莎，但只能成为她的“挚友”。徐志摩回国之后，与友人成立“新月社”，先是聚餐，后来发展成俱乐部，被认为有模仿布鲁姆斯伯里文学圈子之意。

当 1936 年朱利安与凌叔华热恋时，“新月社”虽然早已烟消云散，但只要注意到凌叔华曾是徐志摩的情人（凌叔华的女儿也在接受采访时说她母亲曾“追求过徐志摩”），就不难意识到，这场热恋的背后，其实是有着伦敦的布鲁姆斯伯里文学圈子和北京的“新月社”作为国际文学背景的。

朱利安和凌叔华，最初当然也是由工作和友谊发展到恋情的。朱利安帮助凌叔华将她的短篇小说和诗歌译成英文，两人每天一起工作两小时，如此一来，日久生情也就难免了。两人工作的成效，是凌叔华的三篇小说，《写信》《疯了的诗人》和《无聊》，后来于1937年发表在上海的英文月刊《天下》。

《古韵》

在这种合作中，两人的贡献是很难分清的。可以肯定的是，毕业于燕京大学外文系的凌叔华，英文比朱利安的中文要好得多——这一点可以由后来凌叔华的英文小说《古韵》（*Ancient Melodies*）得到有力的证明。不过处于热恋中的两人之间，恐怕谁也不会在意什么“知识产权”的吧。

朱利安和凌叔华的热恋在1937年初戛然而止，朱利安跑去西班牙参加那里的内战，几个月后就死在战场上。据说他的临终遗言是：“我一生想做两件事：有一个美丽的情妇；上战场，现在我都做到了。”死讯传来，武汉大学的校友为他开了追悼会，据说陈源也出席了。

朱利安虽死，凌叔华和布鲁姆斯伯里的翰墨因缘却开始了。先前经朱利安介绍，凌叔华开始和弗吉尼亚·伍尔芙通信。在随后的几年中，伍尔芙极为热情地鼓励凌叔华发挥她的文学才能，用英文写出自己的生平：“你的英文好到足以传达给别人你想传达的印象。别人看不懂的地方，我可以替你修改。”于是遂有《古韵》之作。凌叔华每写出一章就寄给伍尔芙，伍尔芙不断鼓励她。可以毫不夸张地说，没有伍尔芙就没有《古韵》。

凌叔华在《古韵》中，用小说的形式，回忆自己的童年和少年。凌叔华的父亲凌福彭，前清时官至直隶布政使，入民国后受袁世凯赏识，仍在政界活动。凌叔华生长在这样的官宦之家，生活优裕，且能受到良好教育。又因被其父发现有绘画天赋，遂让她拜据说曾教过慈禧太后的宫廷女画师缪素筠为师，又能学画有成。这些点点滴滴的生活场景，都被凌叔华以小说形式娓娓道来。作为小说，《古韵》虽无任何宏大叙事，也谈不到什么“进步思想”，小说技巧也相当幼稚，但在淡淡的回忆中，用一些并不连贯的场景，大致反映了她的童年和少年生活，读之使人忘倦，还是有一定魅力的。

《古韵》的英文原稿，在1941年伍尔芙投河自杀之前已经写完，但是直到1953年才得以出版。出版《古韵》的，正是伍尔芙夫妇创办的荷盖斯出版社(The Hogarth Press)。一个值得注意之处，是《古韵》的英文版序，竟出自伍尔芙的同性恋人、女诗人维塔(Vita Sackvill-West)之手！维塔在序中这样称赞《古韵》："对我们来说，它比《天方夜谭》更引人，因为它是出自一个同时代人真实的回忆。"

1947年凌叔华到达英国，从此与陈源定居国外。《古韵》出版后，曾被英国读书协会评为年度最畅销名著，但总体看来，凌叔华作为画家的成就似乎在作为作家的成就之上。除了传统的中国画主题，她还用中国画的技法画了许多欧洲的风景，别具一格。

朱利安的母亲瓦内莎也是画家，她和凌叔华有着友好往来，她曾绘制了一些年历作为礼物送给凌叔华，这些年历现在被收藏在博物馆。在爱子朱利安早逝之后，瓦内莎会不会在潜意识中隐隐将凌叔华当作儿媳看待了？而早在1936年，朱利安已经将凌叔华称作"布鲁姆斯伯里文化圈的中国成员"了。

《古韵——凌叔华的文与画》，凌叔华著，傅光明译，山东画报出版社，2003年10月第1版，定价：18元。

劳伦斯眼中的K和她的英国情人

——布卢姆斯伯里往事之三

《丽莉·布瑞斯珂的中国眼睛》

2008年岁末，一册“妙书”问世，这是美国女教授劳伦斯（P. Laurence）《丽莉·布瑞斯珂的中国眼睛》（*Lily Briscoe's Chinese Eyes*）的中译本。说它是“妙书”，那是一眼就可以看出的：封面上写着：“在布鲁姆斯伯里，流言有着闪光的价值”，先就不同凡响；接着是作者在书前的一小段题记，其中谈到她儿时母亲给她念的童谣：“‘你在后院挖呀挖，你挖到了中国吗？’当时，她无论如何也不会想到，我居然终于挖到了！”

这位劳伦斯女教授“挖”到了什么宝贝呢？原来是朱利安·贝尔、弗吉尼亚·伍尔芙以及中国艺术家凌叔华的信件。至于丽莉·布瑞斯珂，她是伍尔芙小说《到灯塔去》（*To the Lighthouse*）中的女主人公。

我之所以关心朱利安·贝尔的事情，最初的起因是相当八卦的：前些年，关于女作家虹影的小说《K》的官司，是媒体上人见人爱的话题，但最意外的是，有人告诉我，虹影在诉讼时曾引用过我的著作为她自己辩护。后来从网上流传的虹影辩护词中，倒是真的可以证实这一说法。我那时还不认识虹影，不过在那场她后来输掉了的官司中，我是同情虹影的。

2002 年 6 月 24 日，长春市中级人民法院审理原告陈小滢（凌叔华之女）提出的小说《K》“诬蔑先人名誉”罪，虹影不用律师，出庭自我辩护。庭辩进行了一整天。虹影面对原告及其律师团所作自辩词中说：

关于房中术，李约瑟的《中国科学技术史》（1990

年科学出版社出版)一书给予了高度的评价;《中国古代房内考》(1990年上海人民出版社出版)中,荷兰著名汉学家高罗佩也将其作为科学研究对象。当代中国学者,如江晓原的大量著作,都认为房中术是中国科技的瑰宝。原告认为女主人公会房中术,是“丑化”、“淫秽”,是原告的个人标准,不是社会公认的一般标准,也不同于国内外科学界权威人士的意见,而个人标准不能被法律所认可。

这本《丽莉·布瑞斯珂的中国眼睛》原版2003年问世,要是它早几年问世——哪怕早一年,说不定就能帮助虹影打赢官司。

当然,劳伦斯女教授在书中也不能只是谈论八卦和“流言”,她是要搞学术研究的。她通过上面提到的这些信件,以及她此后往来中国和英国之间进行的深入研究,表明:中国女艺术家凌叔华,曾经是布鲁姆斯伯里(Bloomsbury)文化圈中的中国成员;而当年布鲁姆斯伯里文化圈与中国的“新月社”圈子是有交流、有互动的。故本书堪称“以流言始,以文艺终”,或“以八卦始,以学术终”也。

朱利安实有其人，原名朱利安·贝尔(Julian Bell)，系英国女画家瓦内莎·贝尔之子、著名女作家伍尔芙的外甥。布卢姆斯伯里圈子的重要成员、经济学家凯恩斯在他的《精英的聚会》一书中有专章记述朱利安(第34章)，其中说：

朱利安·休厄德·贝尔生于1908年，是克莱夫和文萨·贝尔的儿子，莱斯利·斯蒂芬的孙子，……(在1935年受任武汉大学英文教授之后)他于1937年焦急地返回了家，……作为一名卡车司机加入了在西班牙的英国医药联合会。1937年7月18日，当他在布鲁内特前线驾驶他的救护车时，被来自一架叛乱飞机的炸弹炸死。现被葬于离马德里北方约两英里的丰拉卡尔公墓。朱利安不确定地摇摆于政治活动的积极参与主义，和愤怒的不满、对季节、田野、特别是对鸟类的观察的、沉思默想的、有时是抽象的诗的寂静主义之间。他写道："我自己这一代人，这些关心人类和人类所发生的事件的人，已开始相信，只有有效的行动才有价值……通过暴力，如果必要的话。"

朱利安在武汉时，和英语系主任夫人凌叔华的婚外恋，当然也实有其事。其实早在1938年就有《朱利安·贝尔：散文、诗歌、书信》(*Julian Bell*：*Essays*，*Poems and Letters*，Hogarth Press)一书，其中的书信就有朱利安自述与系主任夫人——他称之为“K”——的婚外恋情。注意此书的出版者 Hogarth 出版社，正是伍尔芙的丈夫经营的。而在《丽莉·布瑞斯珂的中国眼睛》中，劳伦斯女教授再次公布了朱利安那些自述与凌叔华婚外恋种种细节的信件。这些信件原件是伦敦索斯比拍卖行 1991 年的拍卖品，买家是纽约公共图书馆，他们买下这批信件之后，允许劳伦斯女教授使用这批信件进行学术研究。

朱利安和凌叔华的这场为期一年的极度高调的跨国婚外恋，回环曲折，恩恩怨怨，在这些信件中得到了生动的展现。朱利安告诉他母亲：“她（K）是我所见过的最迷人的尤物，也是我所知道的唯一可能成为您儿媳的女人。”“昨晚她根本不允许我向她做出任何爱慕的举动。她看起来如此可爱，尤其当我说服她将眼镜摘下来时……” 劳伦斯女教授不无揶揄地写道，在 1935 年的整个 12 月，朱利安不停地想办法要让凌叔华和他上床，“虽然他的性病使他不免尴尬”，但最终看来他如愿以偿了——“她是全世界最浪漫男人的梦想……我去剧院，溜冰，还有就是做爱。”当他们两人在北京公开出双入对时，凌叔华开始烫发、化妆、摘下眼镜，打扮起来，而此时朱利安却在给朋友的信中表示：“总的来说，她在床上表现平平，但是除此之外她真是迷人。”

这就是那个时代欧美一批左倾的革命者的典型：出身上流社会，受过良好教育，同情共产主义，有文化，会写诗，多愁善感，风流浪漫，最后还有一条，就是敢于去参加西班牙内战。这样的革命者，对当时中国知识女性的杀伤力是极其巨大的，不知迷倒了多少K呢。

《丽莉·布瑞斯坷的中国眼睛》，［美］帕特丽卡·劳伦斯著，万江渡等译，上海书店出版社，2008年6月第1版，定价：55元。

艺

少年惊艳《梅花谱》

承《博览群书》杂志热情相邀，命开专栏，奈灵感缺乏，搜索枯肠，久未应命。一日整理斋中旧书，烟士披离纯忽焉临止：自顾生平有两大毛病：一曰好古成癖，二曰不务正业，有此二病，昔日曾寓目不少杂学旁骛之书，间或亦有小小故事。作为积年书虫，何不将其书其事与读者分享？品高兄力怂恿之，遂有“脉望夜谭”之设，隔月刊登。所涉之书，中外皆有，俾合“博览群书”之旨。

我以前写过一篇题为《迷恋〈西厢记〉，冷落天文学》的文章，其实在《西厢记》之前，曾经有另一册古书让我大为痴迷，而且其程度远远超出《西厢记》，那就是

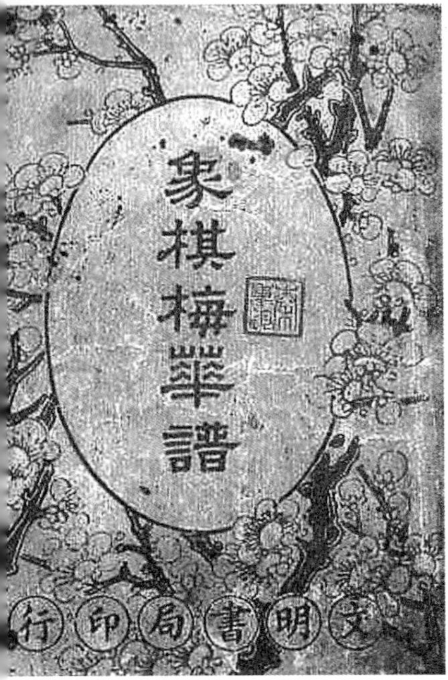

《梅花谱》

《梅花谱》——不要误会，这《梅花谱》既不是养花种花的手册，也不是青楼名妓的花榜，而是一种清代的象棋谱。

我在“文化大革命”后期的1972年进入上海一家纺织厂当电工，那时还是个不太懂事的17岁少年。我所在的这家工厂棋风甚炽，在当时的上海纺织行业小有名气。那几年，象棋成了我青春骚动期的梦中情人。我对象棋的痴迷程度，只要提一个细节就可见一斑：我家老式缝纫机上总是放着棋盘，盘中总是有正在拆解的棋局，我甚至在午夜梦回想起一着，就会起身到棋盘上去摆放参详。

就在这时我读到了《梅花谱》。一种“惊艳”的感觉，让我一下就为之倾倒。

在中国象棋的布局发展史上，《梅花谱》被认为是一部里程碑式的著作。在此之前，以晚明棋谱《橘中秘》为代表的早期布局理论，一直认为在开局中，只能用当头炮对抗当头炮(顺炮或列炮)，后手起马是无法抗衡当头炮的。而《梅花谱》一出，以八局精妙无比的“后手屏风马破当头炮”，宣告了“屏风马足以对抗当头炮”的布局新时代——直到今天，这一结论仍然是主流象棋布局理论所赞同的。

关于《梅花谱》的作者，我们所知甚少，只有书前的序中有如下一段信息：

> 安寒先生姓王名再樾，字正己，康熙时人，家贫，性刚直，力学不求闻达，而世亦无知之者。抑郁无聊，为象戏以消岁月。得意疾书，爰成六则，遂名之曰《梅花谱》。其间纵横驰骤，不可端倪，真有行到水穷、坐看云起之妙，诚象戏之钜观也。

看来这是一位寂寞高手。当然，那时象棋也还不是真正能够登大雅之堂的游戏(直到现在居然还有人认为中国象棋的地位在国际象棋和围棋之下)，所以那时的象棋高手也许很难不寂寞。

《梅花谱》八局“后手屏风马破当头炮”被认为是全谱

最精华的部分。上来第一局“破巡河车吃卒用炮打象”就先声夺人，以大开大阖的阵势诱敌深入，弃子夺势，随后自己也单骑突进，直捣黄龙，一连串匪夷所思的精妙杀着，令先行的当头炮方防御全线崩溃，最终被逼入绝境。此后七局，局局都有突破和创新，谓之“有行到水穷、坐看云起之妙”，信非虚语。由此一举奠定屏风马布局体系的地位。

在20世纪70年代，中国象棋的布局理论早已告别了初级阶段，杨官璘的三集《中国象棋谱》在1957~1962年间出版，代表了那个时代布局理论的高度(我当时读的是1974年第4次印刷的版本)。但是告别了初级阶段的布局理论，对于非专业棋手来说有一个很没劲的特点，那就是太平淡。因为现代布局理论中，双方都走“官着”，即不犯错误的着法，于是四平八稳，最终走向“官和”——大家都不犯错误的着法，当然只能导向和棋。

可是在《橘中秘》和《梅花谱》之类的古谱中，那些精妙的杀法之所以能够上演，恰恰是因为有一方犯了错误——尽管这种错误通常不容易被意识到，或者是业余棋手容易犯的。古谱中这种传统一直保持到清朝末年。这种“有人犯错误”的棋谱，对于业余棋手来说有着更大的吸引力，因为那些精妙绝伦的杀法会给读者以极深的印象；

而那些导致精妙杀法能够上演的错误，也会因此被深深记入读者的脑海。

《梅花谱》被视为里程碑式的作品，并不是仅仅依靠八局“后手屏风马破当头炮”。在传统的斗炮局中，《梅花谱》也有极高的造诣，可以说它将《橘中秘》所代表的早期斗炮布局也推到了全新高度。它的“顺炮直车破横车”五局、“顺炮横车破直车”五局和“列手炮”五局，着法雄浑有力，同时却处处充满机巧，令人叹为观止。这里我可以举一个亲身经历的例子。

我自己当年的象棋水平，在我工作的纺织厂，排不进前五位（当年全国冠军胡荣华来我厂表演赛——他一人以盲棋同时对抗我厂五人五局明棋——我就未能入选），但也许是因为我们厂棋风甚炽，我 1978 年春进入南京大学后，居然四年都忝列校学生象棋队的成员。虽然我在校队排名最后（第七名），但在四年间对校外比赛竟保持了不败纪录。记得有一次比赛中，《梅花谱》就大放光彩。

那次是我们与南京师范学院（今南京师范大学）队比赛，我抽签抽到的对手，据说是那年他们的全校亚军。比赛开始后，走到第八回合，对方陷入长考，我就去洗手间了。我的一个队友悄悄跟进来，低声对我说：你怎么能那样下？太危险了！我对他说：你看好，我回去他就会投降。队友将信将疑。我回到棋局，对方继续思考了几分钟后，果然投子认输！这时相邻各台都还刚刚开局，我这台居然八个回合就在众人惊异的目光中奏凯收兵。

原来这一局我就是采用了《梅花谱》“顺炮直车破横车”第一局一个变例中的着法，让对方落入了陷阱。虽然他右炮沉底并吃去我未动的左马，对我左路形成凌厉攻势，然而我的双炮和右车引而不发，已经对他构成绝杀。当他开始长考时，已经意识到情形不妙，但长考的结果使他看到无论怎样挽救都已经无济于事，所以决定不再死拼下去，而是早早投子认输，接受一个体面的失败。

但自从念研究生以后，我对象棋的兴趣烟消云散，棋艺自然也早已不复当年。如今我电脑中有电子版《梅花谱》以及许多其他象棋古谱，偶尔在电脑上打打谱，或参详一番高手对局，那也只是一种怀旧情结了。

《梅花谱》有中华书局1926年排印本，校阅者居然是吕思勉。10年后的第6次印刷，当时定价“国币”三角，如今网上旧书索价数百元人民币。

《嚎叫》：叛逆也修成了正果

2010 年我在美国旅行，去旧金山住了几天。对我这种年轻时旅行较多的人来说，风景已经没有太多吸引力，剩下的就只有所谓“文化”了，所以慕名前往“城市之光书店”（City Lights Booksellers & Publishers）——据说它现在可以算美国硕果仅存的著名独立书店了。书店成立于 1953 年，兼营出版。50 多年来，在先后面临的流行文化和互联网的双重夹攻中，它一直坚守到现在，而且外表也光景依旧。

“城市之光书店”总是和《嚎叫》（*Howl*）、“金斯堡”（Allen Ginsberg）、“垮掉的一代”（the Beat Generation）这些名字联系在一起。《嚎叫》是金斯堡的成名作，金斯堡则是“垮掉的一代”的领军者。

HOWL

AND OTHER POEMS
BY
ALLEN GINSBERG

'Unscrew the locks from the doors!
Unscrew the doors themselves from their jambs!'

CITY LIGHTS BOOKS
San Francisco

HOWL——城市之光书店版书影

对于杰克·凯鲁亚克（Jack Kerouac，与金斯堡同为“垮掉的一代”的领军人物）的代表作《在路上》（*On the Road*）出版后的反响，有人曾用夸张的笔法写道：“杰克最后一次作为一个默默无闻的人躺下。第二天早晨，电话铃声吵醒了他——他已经出名了。”这样的描写，其实可能更适用于1955年10月7日金斯堡的长诗朗诵。这天金斯堡在旧金山市中心的“六艺廊”（Six Gallery，至少在我去旧金山时还存在着）的一次朗诵会上，向听众朗诵他的长诗《嚎叫》，成为那个时代美国的重要文化事件——长诗引起了巨大的轰动和反响，“城市之光书店”很快出版了《嚎叫》（*Howl and other Poems*，1956），随后引发了指控《嚎叫》为“淫秽读物”的诉讼，但最终书店和作者被宣判无罪。

从此“城市之光书店”成为“垮掉的一代”的大本

营，成为金斯堡和凯鲁亚克等人精神上的“家”，成为美国思想自由、言论自由的象征之一。如今，这家书店是旧金山政府公布的第228号“标志性建筑物”，在流行的旅游指南中，“城市之光书店”当之无愧地成为旧金山的文化地标。

我去“城市之光书店”不止一次，在那里买了不少书，但其中并未包括《嚎叫》（也未包括《在路上》——这也是许多慕名前往的游客都会买的）。我对这本书发生兴趣，是因为前不久看了金斯堡的传记故事片《嚎叫》（*Howl*，2010）。据说这部影片在美国票房惨淡，但我却相当喜欢。第二天在QQ上和女儿聊起，一时心血来潮，问她这书现在在美国还能买到吗？她当场网上一查，说仍有出售，7.95美元。我让她发个书影来，一看正是影片中所出现的，就让她替我买一册。几分钟后她告诉我“已经给老爸买好啦”，一周后书就寄到我手上了。从版权页上看，从1956年至今，这本只有50多页的小册子已经印刷了106万册，看来至今仍是文学的长销书。

据金斯堡自己说，他原来以为自己不会写诗。他在1959年的“对《嚎叫》最后录音的说明”中说，《嚎叫》是他的初学之作。1955年他刚学到“美国英语的音步概念”，于是开始学着做诗——做法是将散文、日记甚至“涂鸦”中的句子“按照短语或者呼吸单位（音群）切分成短小的诗行”。那时他29岁，在旧金山“享受着领取失业救济金带来的悠闲”（还真够颓废的），所以产生了“浪漫主义的灵感”。

和“垮掉的一代”的其他一些人一样，金斯堡也经常服用毒品和迷幻药。《嚎叫》第二部分中反复出现的“摩洛克”（Moloch，《旧约》中的火神），据金斯堡自己说，就是他服用了毒品之后脑中所出现的幻象。这或许有助于理解《嚎叫》中的诗句为何“如此这般地疯狂起来”。金斯堡宣称：“我的诗歌是天使的疯话。”他在谈论《嚎叫》时也会使用不知所云的诗意语句，比如“命运之神撒了个弥天大谎，而欢乐的造物主在永恒中舞动自己的身体”之类。

我至少已经见过四种《嚎叫》中译本，文楚安教授可能是金斯堡作品最重要的中文译者，下面稍引两段他的译文：

> 我看见我这一代的精英，被疯狂毁灭，饥肠辘辘赤身露体歇斯底里，拖着疲惫的身子黎明十分晃过黑人街区寻求痛快地注射一针，……
>
> 他们被学院开除由于疯狂由于在骷髅般的破窗上

发表猥亵的颂诗，……

《嚎叫》分为三部分，用罗马字母标识。另有一首《嚎叫注释》(*Footnote to Howl*)，金斯堡后来又将它作为《嚎叫》的第四部分。这一部分情绪上似乎乐观向上了一点，但其疯狂程度丝毫不减《嚎叫》。比如上来就是反复赞叹："神圣！"(Holy! Holy! Holy! ……连续15次)。

同名影片《嚎叫》，则是采用三条线索来展开金斯堡和长诗《嚎叫》的故事：

第一条线索是金斯堡在"六艺廊"朗诵《嚎叫》，这条线索都采用黑白影像，以造成某种"伪纪录片"的效果。演员也着力表现了《嚎叫》中那种越来越疯狂的情绪。

第二条线索是金斯堡成名后接受媒体采访，谈论他的创作、思想和理念。"根本没有什么'垮掉的一代'——那只是一些年轻人想发表作品而已。"金斯堡在影片中轻描淡写地对采访者说。和中国书籍中常见的金斯堡秃头大胡子的晚年形象不同，影片中的金斯堡形象根据他30岁左右的照片设计，那可是一个大帅哥。

第三条线索是围绕着《嚎叫》是否为"淫秽读物"的法庭辩论。

三条线索交互出现，平行推进，最终金斯堡朗诵完《嚎叫》，接受完采访，法庭则宣判《嚎叫》的出版人和作者无罪。

三条线索中，我最感兴趣的是法庭辩论。看辩方律师如何为《嚎叫》脱罪，看控方那种卫道之士的“极左”腔调，以及对“淫秽读物”的指控如何在辩方律师“有理、有利、有节”的攻击下逐步瓦解的过程，都是饶有趣味的。

金斯堡如今已经被认为可以和惠特曼（Walt Whitman）及艾略特（Thomas Stearns Eliot）在文学上相提并论。不过，很长一段时期，对于一些中国读者来说，接受惠特曼和艾略特似乎没有问题——其实只是他们以为没有问题而已，但要接受金斯堡就还是有问题的。“垮掉的一代”一直被认为是一个贬义的称呼，以至于文楚安教授主张要用BG来替代“垮掉的一代”这个名称（当然实际上很难实行）。

对“垮掉一代”持批评态度的人认为：“他们中的许多人已经丧失了对人性的最基本的理解，用‘垮掉的一代’作为称谓，也表达了公众对他们的失望和不满。”金斯堡、凯鲁亚克等人的吸毒、流浪、同性恋、被学校开除、被警察逮捕等的行为和经历，全都是最典型的“坏孩子”行径，是“资产阶级道德沦丧腐朽颓废自甘堕落”的典型表现。后来看到中国的“美女作家”卫慧、棉棉等人在《上海宝贝》之类的作品中，也以自己身体的感觉作为写作资源，并引用金斯堡的诗句，似乎就更加证实了这一点。

但是，半个世纪过去，《嚎叫》早已从曾经的“淫秽读物”，变成可以和艾略特的《荒原》（*The Waste Land*，1922）相提并论的文学经典。而金斯堡也从被大学开除的颓废青年，变成可以被“美国文学艺术院”接纳为成员（1973年），随后获得全国图书奖，最终成为殿堂级文学大师了。今天的文学青年谈到“垮掉的一代”，似乎已经有点“高山仰止”了。

叛逆最终也修成了正果。

Howl and other Poems，Allen Ginsberg，City Lights Books，1956.

一部奇书和一场虚惊

——《曹雪芹扎燕风筝图谱考工志》

因为我主编的《科学史十五讲》在北京大学出版社出版，与北大出版社的工作联系就多了起来。有一次去北京，与编辑室的领导和编辑们见了面，承蒙他们热情招待，其中有一项是赠书——到他们出版社的样书间去自由挑选。我对书的贪欲当然远远胜于美食，当下喜不自胜，就随着两位编辑女士进了样书间。一番“大快朵颐”自不必说，挑了许多好书，编辑艾小姐随手帮我整理好，她说会为我直接寄到家里。

我挑的书中有一部《曹雪芹扎燕风筝图谱考工志》，是汉声编辑室编的，八开线装彩印两大册，印刷装帧极其精美。包装也做得很特殊，硬壳打开就好像是风筝拼起来的，书本身就是工艺品。我怕这书邮寄的话在运输途中万一被野蛮装卸，会遭损坏，就对艾小姐说，这本我自己带回去。谁知这就弄出一场虚惊来。

几天后我回上海，因为这部《曹雪芹扎燕风筝图谱考工志》太大，无法放入我的小行李箱，所以我特别找了一个布袋来装它。在机场安全检查时，因我带着电脑，被要求开箱检查，结果我的行李箱被翻得很乱，我忙着收拾行李箱，就将《曹雪芹扎燕风筝图谱考工志》给忘了。等我登机后安放行李，才猛然想起，宝贝书被遗忘在安检处了！

我赶紧找空姐想办法，开始空姐说登机已经结束，按照规定你不能再离开飞机了。我告诉她这是我特别宝爱的珍贵图书，务必请她通融一把，空姐抬起玉腕看了看她那极小巧的坤表，说：你还有 4 分钟，如果你能够在 4 分钟之内回来，就没有麻烦。我谢了空姐，赶紧逆行奔往安检处。到那里一看，我的宝贝书还在桌子上呢，我一把拿到手里，这时安检处的小伙子当然就来过问了。我把情况简要说了一下，小伙子将信将疑，他问我：你怎么能够证明这书是你的呢？我说此刻确实不能，除非你打电话到北大出版社，让他们向你证实，前几天他们确实向我赠送了此书。但问题是，此刻只剩下两分钟了，我哪里来得及等待他的同意？我抓着装书的布袋就往回跑。那小伙子犹豫不决，不知要不要制止我，而我已经又跑进登机通道了。我赶回飞机门口，向空姐扬了扬手中的布袋，空姐报以嫣然一笑。我松了口气，总算又将这宝贝书拿回来了。

这部《曹雪芹扎燕风筝图谱考工志》，顾名思义，当然不会是等闲之物——它的身世扑朔迷离，围绕着它又有许多争议。

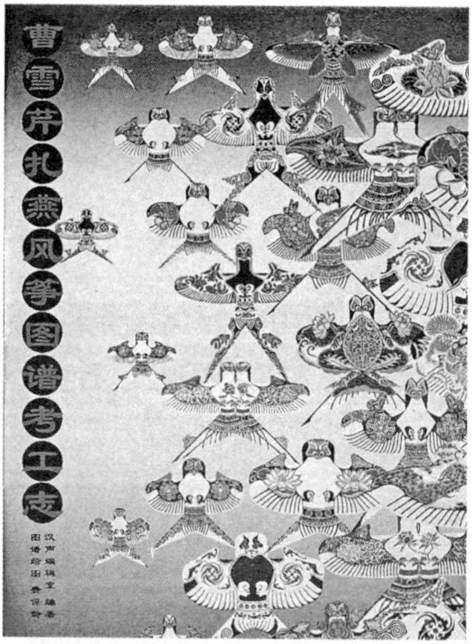

《曹雪芹扎燕风筝图谱考工志》

在“文化大革命”后期，1973 年，出现了《废艺斋集稿》的部分内容，在红学界引起轰动。当时提供的故事来自北京风筝专家孔祥泽，孔祥泽称：他在 1944 年曾目睹日本商人金田在中国收购到的据称是曹雪芹佚著的《废艺斋集稿》，并参加了摹抄（用描摹的方式抄出副本）的工作，《废艺斋集稿》中的第二册《南鹞北鸢考工志》专讲风筝的扎糊及图案描绘，他保存了当时摹抄的十六首风筝画诀、扎糊歌诀、序文和附录(残文)。红学家吴恩裕在《文物》杂志这年第二期发表文章，根据孔祥泽的口述及提供的摹抄资料，结合其他资料进行考证，认为《废艺斋集稿》确实是曹雪芹的佚著。

吴恩裕文章的结论，首先在红学界引起了轰动，如果吴说成立，这当然是“二百年来的一次重大发现”(冯其庸语)；其次在更大范围内也是相当轰动的。因为“红学”是“文化大革命”中极少数在政治之外被允许讲论的学问之一，而《文物》是“文化大革命”中极少数被允许公开出版的杂志之一(当然离不开政治的巨大影响，常在前几十页登载政治文章)。那年我 18 岁，在一家纺织厂当电工，那时我就订阅着《文物》杂志，吴恩裕的文章我也怀着浓厚的兴趣读过，当然只是半懂不懂。

但另一方面，吴说也引起许多了质疑。吴说所依据的材料原件现已下落不明，仅凭孔祥泽的口述及他提供的一小部分摹抄资料，就要论定曹雪芹真有《废艺斋集稿》这样一部佚著，也显得论据很单薄。

对吴说比较严重的质疑，出于陈毓罴、刘世德的文章《曹雪芹佚著辩伪》(直到 1978 年才发表在《中华文史论丛》第七辑)。除了对孔祥泽所提供的史料来历细节方面的几点质疑之外，考据功夫做得相当到家，例如，针对孔祥泽所提供的《南鹞北鸢考工志》前曹雪芹自序中“是岁除夕，于冒雪而来”一语，陈、刘竟能想到去查阅乾隆二十一年（丙子年，公元 1756 年）的《晴雨表》，证明这年除夕北京地区没有下雪，“是岁除夕，于冒雪而来”一语不符合事实，故这篇署日期为“丁丑清明前三日”的所谓曹雪芹序，应是后人捏造之作。对于这样的质疑，吴恩裕后来回应说：《晴雨表》只能表明北京城东南角观象台上的雨雪记录，不足以证明那一天在北京西郊也未下雪。

《废艺斋集稿》及其中的《南鹞北鸢考工志》究竟是不是曹雪芹佚著，实际上到现在也无定论，但这并不妨碍出版社做出一本非常漂亮的书。

有费保龄其人，“热衷于风筝制作及放飞”，他于 1963 年在天安门广场放风筝时，认识了孔祥泽，共同的爱好使两人一见如故。在得知孔祥泽藏有《南鹞北鸢考工志》之后，费保龄根据其中的歌诀，绘制了一套精美的风筝图谱。1988 年，这套图谱被台湾汉声的编辑见到，叹为至宝，立即决定编辑出版。汉声看来一点也不怕慢功细活，这书编辑期间，他们的编辑多次远赴北京，与费、孔二人反复琢磨研究，直到 1999 年才完成出版。

这就是这部《曹雪芹扎燕风筝图谱考工志》的由来——我得到的是北京大学出版社与汉声联合出版的大陆版本。其中除了费保龄绘制的图谱，也收入了当年孔祥泽提供的所有摹抄资料，以及有关这些资料真伪争论的综述。故本书不仅是可供把玩欣赏的艺术品，也是关于三十多年前那场公案的参考资料。

不管这部《曹雪芹扎燕风筝图谱考工志》是不是真和曹雪芹有渊源，有这么精美的一部书和他瓜葛在一起，不乏香草喻美人，宝刀配骏马的意味，应该也不会辱没曹雪芹吧？

《曹雪芹扎燕风筝图谱考工志》，（中国台湾）汉声编辑室编著，北京大学出版社，2006 年 7 月第 1 版，定价：198 元。

羊皮书上的一场科学史奇案

——从《阿基米德羊皮书》看科学、技术、文物和投资

拍卖场上起波澜

这是一个非常奇特的故事，有点像侦探小说。

古希腊阿基米德(Archimedes，约公元前287～前212年)是最富传奇色彩的古代科学家。如果说，“欧洲哲学传统最可信赖的一般特征就是，它是由对柏拉图的一系列注脚所构成的”（英国哲学家怀特海的说法），那么仿此完全可以说，“欧洲科学传统最可信赖的一般特征就是，它是由对阿基米德的一系列注脚所构成的”。事实上，阿基米德在世界科学史上的地位，在专家眼中远比公众眼中要高得多。

1998年之前，传世的阿基米德著作共8篇，依次是：

《论平面平衡》《抛物线求积》《球体和圆柱体》《测圆术》《论螺线》《论浮体》《圆锥体和椭球体》《数沙者》。这 8 篇的内容传自两个古代抄本系统，它们被专家称为“抄本 A”和“抄本 B”。不幸的是这两个抄本都已佚失。

1998 年，纽约克里斯蒂拍卖行出现了一件名为“阿基米德羊皮书”的拍品，这是一本非常破旧的小开本古代羊皮书，品相极差，起价却极高——80 万美元。这本小破书其实是一本很不起眼的中世纪抄写的祈祷书，但是因为据信它原先是一本阿基米德著作的抄本，只是后来被人刮掉了原书字迹，再用来抄写祈祷书的（这种“废物利用”在古代并不罕见），所以身价不菲。

但更惊人的是，尽管希腊政府派出了官方代表参加竞拍，为购回国宝志在必得，却遇到一个神秘买家，此人挥金如土，在希腊代表的出价上不停地加价，最后竟将价格推升至 200 万美元！希腊政府无力再加价，“阿基米德羊皮书”遂被此人拍得。

神秘买家财大气粗，竟将希腊政府击败，真正用得上中国古代成语“富可敌国”了。此事立刻上了次日的《纽约时报》头版。更为神秘的是，这位神秘买家拒绝现身——拍卖会上出现的只是他的代表。面对媒体，他的代表只肯披露两点：一、买家是美国人；二、此人不是比尔·盖茨。

神秘买家和豪华团队

拍卖会上的波澜只是这件奇案的开头部分。接下来的故事更为精彩。

神秘买家拍得“阿基米德羊皮书”后不久，就自称“B先生”，派人找到巴尔的摩市的华尔特艺术博物馆手稿部主任诺尔博士，他要诺尔组织团队来研究“阿基米德羊皮书”，研究经费由他来资助。但研究结束后羊皮书要归还给他。

诺尔非常兴奋，就组织起一支阵容“豪华”的研究团队，包括了古代科学教授、数学史教授、中世纪艺术史教授、化学教授、数码成像专家、X射线成像专家、古籍手稿研究专家等等，甚至“美国国家侦察局”的官员也自愿加入——不过他们都主要是在周末业余时间从事这项研究的。

研究过程中，B先生也经常参与决策。诺尔博士说，B先生“一直是负责的、考虑全面的、大方的”。这支研究团队辛勤工作了7年——从1999年至2006年，“这个项目从来没有发生资金短缺的问题”。这样的富豪倒也真是挺难得的。

他们的第一步目标是：要将被那位祈祷书抄写者刮掉的阿基米德著作抄本复原！

本来已经快要散架的“阿基米德羊皮书”被一页页拆开，利用各种现代的成像技术，最终竟然真的完整重现了那份在700多年前已经被从羊皮纸上刮去的抄本内容。于是传世阿基米德著作的第三个抄本重新出现了。它现在被称为“抄本C”，成为存世的阿基米德著作抄本中最古老的版本。

“阿基米德羊皮书”改写了科学史

“抄本C”中包括了阿基米德的七篇著作：《论平面平衡》《球体和圆柱体》《测圆术》《论螺线》《论浮体》《方法论》《十四巧板》。其中前五篇是以前“抄本A”和“抄本B”系统已经承传下来，为世人所知的；而最为珍贵的是最后两篇，即《方法论》和《十四巧板》，这是以前从未出现过的。

我们知道，文艺复兴得名“复兴”，“复兴”的对象就是希腊的知识和传统，所以那时的大师们无不汲汲以追求希腊著作为务(哪怕是经过希腊文—阿拉伯文—拉丁文这样重重转译的)。达·芬奇就曾尽力搜寻阿基米德的著作，但他无法看到《方法论》，因为文艺复兴时期的大师们只能依赖“抄本A”和“抄本B”(那时还未佚失)来了解阿基米德。而达·芬奇要是看到了《方法论》，他一定会爽然自失——原来阿基米德的研究和成就早在1 700年前就大大超过他了。

学者们惊奇地发现，阿基米德在《方法论》中已经“十分接近现代微积分”，这里有对数学上“无穷”的超前研究，贯穿全篇的则是如何将数学模型进行物理上的应用。研究者们认为，“阿基米德有能力创造出伽利略和牛顿所创造的那种物理科学”，只不过当时其他的事占据着他的头脑，他是“非不能也，是不为也”。

这里不妨加一个小插曲。许多今天的公众，哪怕曾经受过相当良好的教育，通常也十分厌恶方程，所以史蒂芬·霍金的出版商曾对他说过“书中每放入一个方程书的销量就会减半”的名言。也许会有不少读者想象“阿基米德羊皮书”中是不是充满了方程和公式？但是非常奇怪，阿基米德在讨论无穷数学和数学模型之物理应用时，从不使用任何方

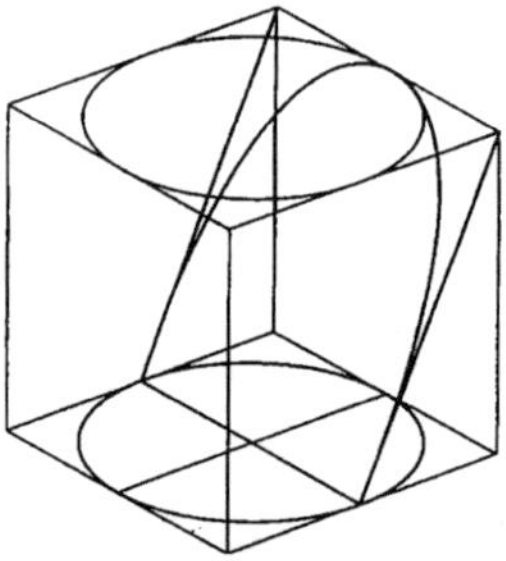

图1　希腊科学是视觉的科学——他们不用方程用图形

程！原来希腊人是不使用方程的，他们用图形来解决问题。这对于习惯了用方程表达和讨论数学物理问题的现代人来说，确实也一种全新的体验。

至于另一篇新发现的著作《十四巧板》，则又别开生面。尽管“十四巧板”这种古代游戏（比中国民间的“七巧板”更复杂些）在西方早已为人所知，但最初诺尔他们认为《十四巧板》既难以理解也无关紧要，也许只是阿基米德的游戏而已。不过后来研究组合数学的专家参加研究之后，又有了惊人发现——他们认为阿基米德在《十四巧板》中，其实是要讨论，总共有多少种方式将十四巧板拼成一个正方形？他们研究的答案是：《十四巧板》中的十四巧板总共有 17 152 种拼法可以得到正方形。这使他们相信，《十四巧板》表明“希腊人完全掌握了组合数学这门科学的最早期证据”。

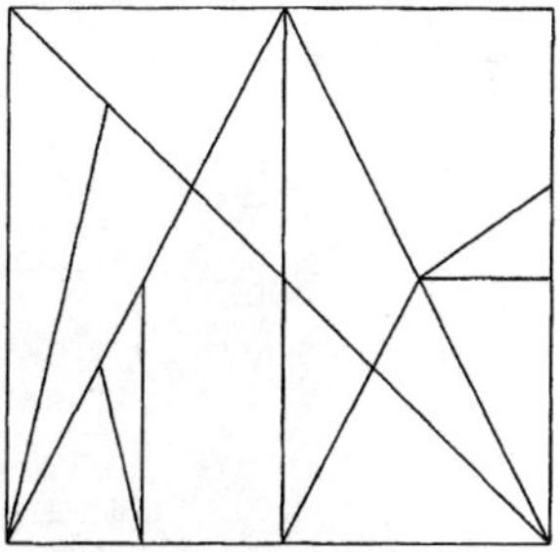

图 2　十四巧板（其分割有明显的几何规则）

这样看来，“阿基米德羊皮书”提供的《方法论》和《十四巧板》这两篇阿基米德遗作的重新问世，确实可以说是“改写了科学史”。

资助学术也可以是投资?

最后笔者加一小段对这一奇案的评论：神秘的“B先生”从竞拍“阿基米德羊皮书”，到资助学者研究它，固然对科学史、学术界和博物馆都有好处，但同时这也完全可以视为他事先规划好的一系列投资步骤——想想看，当这

图3 讲述《阿基米德羊皮书》传奇故事的书

本破破烂烂的旧羊皮书变成了名满天下的“阿基米德抄本C”之后，而且还辅之以如此多姿多彩的传奇故事，那它将来在文物市场的身价，恐怕就远远不是200万美元打得住的啦!

《阿基米德羊皮书》，［美］热维尔·内兹等著，曾晓彪译，湖南科学技术出版社2008年5月第1版，定价：36元。

多情才子竟西行：戈革其人其书

予生也晚，但如今也常自称已进入“中老年”行列。回顾昔日少年之时，先后有过四位忘年之交：张庆第先生、戈革先生、胡道静先生、吴德铎先生。其中张、胡、吴三位先后已归道山，而相交最长、相处最乐者，当属戈革先生。

如今，戈革先生竟也走了。

25年前，我在北京念中国科学院的研究生，和我同屋的是许良英先生的弟子熊伟。一日熊伟对我说：“许先生告诉我戈革先生学问大，让我经常去请益，但是我每次去了，戈先生不和我谈物理学史，也不叫我读别的书，总是推荐我读金庸小说，这真奇怪。”我那时尚非金迷，但整天乱读杂书，我恰好在《中国石油大学学报》上读到戈革先生一篇论文，是对国内某物理学史名家进行商榷的，文中嬉笑怒骂，庄谐并陈，和我当时看到的“学术论文”大相径庭。例如，文章中竟会出现这样的句子：“真正wonderful 也！”——这句话后来被熊伟学着到处用。

从这两件事，想见戈革先生有如此行止，不觉心向往之，于是有一天和熊伟一起去拜访了戈革先生，是为我们相识之始。初次见面，相谈甚欢。所谈内容已不能记忆，只记得我们谈到了香艳诗词，因为据熊伟后来告诉我，戈革先生事后对他说：“这个江晓原倒有些意思——他居然说自己喜欢香艳诗词。”前辈高人判断人物，常有见微知著之法，喜欢香艳诗词的，本来大有人在，只是人们通常不好意思赤裸裸说出来，而我却不辞坦然自陈。

从此就开始和戈革先生的忘年之交了。我成了他家中的常客。我每次到他那里去，从来不谈天文学史（我的专业）或物理学史（他的专业），我们只谈旧诗词、武侠小说、金庸、篆刻、书法、名人轶事等等，总而言之，不谈任何科学史。不过，当他翻译的《玻尔集》开始陆续出版时，应我的要求，他每册都题赠给我，如果这算是涉及了物理学史的话，那或许就是我们交往中唯一的例外了。

从 1985 年开始，我成为金迷，但这倒并非戈革先生之故——事实上，他从未向我推荐过金庸小说。那么，他为何却屡屡向熊伟推荐？看来这是他的“因材施教”之法——也许，他知道我这样的人早晚会迷上金庸的，用不着他来推荐。不管怎么说，当我成为金迷之后，金庸小说就成为每次我去戈革先生那里聊天时的重要话题之一。我还从他那里见到了倪匡的《我看金庸小说》系列（“我看”之后是“再看”、“三看”……直到“十看”），我甚至将这十册书借回上海去看。

他对金庸小说有许多与众不同的见解。最惊人的见解之一是，如果让他在金庸小说所塑造的女性角色中选择爱人，他竟愿意选康敏——段正淳昔日的情人之一、丐帮副帮主马大元的夫人，这可是金庸小说中最为心肠狠毒的女人之一！其见解之特异，由此可见一斑。我多次建议他将他的见解写成书，与世间同好分享，然而他迟迟没有行动。

1986 年，我修完了博士的全部课程，进入论文阶段，开始经常住在上海了，有一天却接到他的来信，告诉我他已经动笔写这本我一直在期待的书了，书名取作《挑灯看剑话金庸》。我听了非常兴奋，立刻做了两首绝句祝贺，不久他回信抄示“步韵谢江晓原博士宠题拙稿《挑灯看剑话金庸》二首”，其一云：“自翻新样论英雄，天理人情若个通，别有悲欢话兴废，肯将才地谢凡庸？”对此书的自信跃然纸上。

书稿完成后，我是此书的第一个读者——比责任编辑还先读。然而此书的出版却是好事多磨。最初是应科学出版社之约而写的，但戈革先生对于该社外聘的责任编辑改动他的书稿十分不满，出版之事就搁置下来。此后十几年间，这部书稿转辗于海峡两岸多个出版社之间，包括我为它寻找的几个出版社，一听有这样一部稿子，开始都很兴奋，可是看了书稿之后却都敬谢不敏了。近闻《挑灯看剑话金庸》终于被中华书局接受，出版有日，也算差可告慰作者于泉下矣。

戈革先生曾表示，他平生各种学问之中，有两门可以带研究生：一是物理学史，二是篆刻。篆刻一道，他自云绝无师承，是真正的无师自通。古今印人之中，他佩服的只有吴昌硕。虽然他未被篆刻界“承认”或跻身“篆刻名家”之列，然而有比较才有鉴别，将戈革先生的篆刻作品与时下某些所谓“篆刻名家”的作品一比，立见前者意蕴深远，古雅灵动，后者则匠气袭人，了无意趣。

我自己以前也曾从事篆刻，当然更是没有师承的野狐禅，只是读过一些前人印谱，通过实践体会体会奏刀的感觉而已。自从与戈革先生相交，见识了他的篆刻作品，顿时爽然自失，从此不再奏刀了。

然而不再奏刀却成了我的福分。我以前也附庸风雅自刻名章、闲章、藏书印之类，如今把玩旧作，自惭形秽，感觉再无一方堪用的了。谁知此时却“少年盛气消磨尽，自有楼船接引来”——有戈革先生赐印了！戈革先生为我治了名章，更有藏书印“江郎长物”、闲章“二化斋”（朱文白文各一）、“双希堂”、“有心受苦”、“无力回天”、“神游天人之际”等多枚，又泽及内人和小女，各赐名章。有一次他托许良英先生的弟子屈儆诚将一包他为我治的印带给我，屈非常嫉妒地问我：“我们平时向戈先生求一印都极难，江晓原你何德何能，戈先生竟一次给你治这么多印？”我嘴

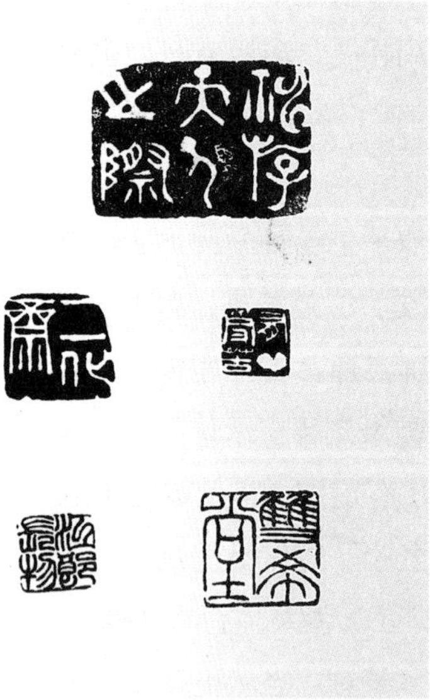

戈革为二化斋主人治印之部分印蜕

上只好说是运气好，心里知道这是因为被戈革先生引为知音之故。二十年来，这些印人见人爱，其中“江郎长物”和白文“二化斋”，是我最常用的两方，许多朋友都很熟悉，也曾多次见诸媒体。

戈革先生“印业”中最大的事功，是他作为超级金迷，发愿为金庸 15 部武侠小说中的人物制作印谱——凡 1 200 余人，共 1 600 余印（重要人物不止一印，还有题名等章）。这部《金庸小说人物印谱》堪称鸿篇巨制，更是“自翻新样论英雄”的特殊样式。印谱完成之后，戈革先生制成印拓十余部，承他不弃，本人获赠一部。遗憾的是，《金庸小说人物印谱》的出版，十多年来也是命途多舛，迄今尚在等待。

2001 年，丹麦女王向戈革先生颁授“丹麦国旗骑士勋章”，仪式在北京举行。这是女王为了表彰戈革先生多年来对丹麦物理学家尼耳斯 · 玻尔的全面深入研究，并且翻译出版了玻尔全集的中文版。戈革先生为此赋了一首“辛巳闰四月，余获丹麦女王封为国旗骑士，佩勋章，感而赋此以自嘲叹”，他给我来信说：“授勋乃世俗之事，最不宜作诗词之题材。然而正如人们所常说者：我本无心说笑话，谁知笑话逼人来，终于还是作了一首歪诗，自谓不落俗套，有人指为仿李长吉，则吾岂敢！”这首“歪诗”戏仿唐代李贺《金铜仙人辞汉歌》句式，其中有“荷兰水盖忽临止”之句，将女王颁授的勋章比作汽水瓶盖，表现了他“以自嘲叹”的心情。

戈革先生的“正业”是物理学史，是国内这方面的翘楚和权威，这有他翻译的鸿篇巨制《玻尔集》和他发表的大量相关的学术论著为证，无需多言。他任职的单位则是中国石油大学研究生院（北京）。然而最奇怪也最令人惊叹的是，他同时又是天生的诗人！他那数不尽的锦心绣口和诙谐调侃，发为旧体诗词，实在是让人击节叹赏，佩服之至！可惜他在这方面的成就，“古调虽自爱，今人多不弹”，曲高和寡，很少有人能够欣赏。说句狂妄自大之言，我可能是他在这方面最重要的知音之一（姑且加上“之一”吧，毕竟他唱酬的友人中还有钱锺书呢——但钱是否激赏他的诗则未可知）。

戈革先生早年曾加入张伯驹的诗社，当时经常与他唱和的诗友有周汝昌等人。他晚年将自己的旧体诗词编为《拜鞠庐吟草》一册（迄今尚未正式出版），“拜鞠庐”是他的自号。他先将一张 A4 纸对折，然后画上左右各九行的乌丝栏，对折处还有燕尾——完全描成旧时线装书的样子。再将这张A4纸复印数百份，接着就在这些纸上手自抄录历年诗词旧稿。事毕，再复印了十几份，赠送知音好友。赠我的这一份前有题记云："晓原博士得余吟草，有嗜痂之赏，谓将什袭而珍藏之。虽称许过当，亦令老夫有加倍知己之感也。杜工部怀青莲句云：世人皆欲杀，吾意独怜才，我非谪仙人，何足以当此乎！呵呵！辛未白露玄天之行前二日古稀叟戈革记于蓟门烟树之北。"

拜鞠吟咏，有缠绵悱恻，风流旖旎者，如《鹊踏枝·和冯十四首》之四：

窗外辘轳惊报曙，揽颈无言，脉脉增离绪。鬓亸钗横冲晓雾，自摇双桨凌波去。

一枕相思情万缕，流水桃花，渺渺天台路。紫燕呢喃梁上语，来年飘泊知何处。

亦有游戏笔墨，打油玩笑者，如《登异香楼四首》之四：

半寸烟头作瓣香，路人相聚此一堂。登台雅似龙行雨，候缺急如狗跳墙。系带拖泥还带水，蹲坑跃马复横枪。若教西子蒙不洁，柳叶双眉点额黄。

他诗词中的《鹊踏枝·和冯十四首》，代表了他在艳情诗方面的最高成就，是他步南唐冯延巳原韵而作，不仅“置之古人集中几可乱真”，在我看来犹有过之——有些篇章比冯作更佳。况且冯作十四首相互之间并无联系，而戈作十四首则一气而成，隐隐构成一个美丽哀怨的浪漫爱情故事。有一次我们闲谈时，我曾就此向他求证，但他笑而不答，只是说：“诗本在可解不可解之间。”

戈革先生的一生，不能算很幸福，这个时代知识分子受过的罪，他都受过。这从他“一生不戴乌纱帽，半路常逢白眼狼”、“只望花荫重遇见，无人行处都行遍”、“平生一事最遗憾，不信刘郎胜阮郎”等诗句中不难看出。当然，他也是性情中人，难免恃才傲物，得罪过不少人，他有“常恨乾坤有外行”之句，正反映出他这方面的性情——还是当年熊伟表达得最为直白：戈革先生就恨人家没学问。

学贯中西，博通今古，懂物理学，会作极好的旧体诗词，会写漂亮文章，会篆刻，会书法，会绘画，会玩玉，会玩葫芦——旧时士大夫的种种玩意儿，他几乎玩全了——这样一个天生才子，真是天壤间一件宝物！可惜啊可惜，上天已经收回去了。

“金学名票”之《挑灯看剑话金庸》

所谓“金学”，到目前为止当然还只是一个修辞手段，并不存在体制化的确认（其实“红学”、“钱学”等等也是如此）。已故戈革教授以物理学为其本业，则在“金学”上就只能是“票友”了。不过他在这里无疑可以算“名票”。

戈革教授原本学的是理论物理。尽管他多年来一直没有得到在这方面充分发挥和发展的机会，但他还是在物理学方面做了大量工作——翻译《玻尔集》的浩大学术工程就不用说了，这无疑也在物理学的范畴之内。请允许我先用一段八卦来补充说明这一点。

我因为是戈革教授的“粉丝”，他出版的书我每一本都收集，有一次在他家闲聊，我心满意足地对他说：我已经将你出版的书收全了。谁知戈革教授随手从书架上抽出几册尘封的旧书，笑笑说：这几册你有没有？我一看，都是他以前在商务印书馆出版的物理学方面的译著，我爽然自失道：我还没有。戈革教授露出那种一派童心的得意，说道：“你离收全还 far from it 呢！”

可是这样一位物理学教授，同时又是早期资深金迷。20 世纪 80 年代初，戈革教授就开始“引诱”他门下的研究生看金庸小说。我就是因为对这一点感到好奇，经由研究生同学熊伟的介绍，才和戈革教授结识的，我们一见如故，立成忘年之交。后来我也成了金迷，金庸的 15 部武侠小说(即所谓“飞雪连天射白鹿，笑书神侠倚碧鸳——外加一部《越女剑》也”)我全都读过，半数以上读过不止一遍。后来我每到戈革教授宅中闲谈，金庸和武侠小说(包括旧派的)总是我们最常见的话题之一。

早期“金学”中，倪匡应该算是比较重要的人物。一方面因为他自己也曾写过武侠小说，另一方面因为他与金庸颇有交谊，他曾有自夸“攀附两大名人”的一联曰：“常为张徹编剧本，曾代金庸写小说。”——金庸《天龙八部》连载过程中，曾因出国请倪匡代笔一段日子，倪匡因为讨厌阿紫这个角色，就“滥用职权”将她早早写死了，后来金庸出单行本时才将阿紫“救活”。倪匡有《我看金庸小说》评论集，《再看》、《三看》……直至《十看》，整个系列总共10册。我就是从戈革教授那里借了这套评论集看的。

《挑灯看剑话金庸》

戈革教授对于“金学”的贡献，集中在《挑灯看剑话金庸》一书中。关于此书出版过程中的种种曲折以及我与此书的缘分，我已经在《多情才子竟西行——怀念戈革先生》一文(刊于《中华读书报》2008年1月16日)中谈到过。

倪匡虽写了10册金庸小说的评论集，但他在集子中从不介绍金庸这些小说的故事梗概，这当然是因为假定愿意看这些评论集的人应该早就看过金庸的全部小说了。但戈革认为应该仿照鲁迅《中国小说史略》的体例，对每一部小说提供一个简要的梗概，故他在《挑灯看剑话金庸》中对这 15 部小说都提供了梗概——这些梗概都用介于文言与白话之间的语句写成，极为简明扼要。

倪匡给金庸 15 部武侠小说排列了名次，戈革也排列了名次。这种排名其实很多人都做过，排名的理由及结果，当然各人自有不同。不过在这个排名上，戈革与倪匡的差别要远远小于他们评价具体人物时的差别。

倪匡品评金庸小说中的人物，采用了富有中国古代色彩的“九品人物”系统，将金庸 15 部作品中的人物分为“上上、上中、上下、中上……下下”九等。戈革在《挑灯看剑话金庸》一书中也采用了这种“九品人物”系统，不过他给各人的位置有时与倪匡大不相同。例如，对于《射雕英雄传》中的欧阳锋，倪匡将他位列“上上”人物，戈革则截然相反，列之为“下下”，他认为“倪匡混淆了两种不同的评价标准，实在不当”。戈革认为在评价小说人物时存在两种标准：一种是小说中这个人物所呈现的善恶优劣，一种是金庸塑造这一人物时的成功程度。戈革在评判中更注重前一个标准。

戈革评判人物，常有极具特色的见解和议论。比如谈到“老顽童”周伯通时，戈革说他“表面上天真烂漫，骨子里是个白痴”，不仅将他评为“下中”，而且认为：“自从金庸写了周伯通，几乎所有的劣等影视上都有此种蓬头垢面的人物，形成一种很普遍的低级趣味，金庸对此不能辞其咎也。”而谈到《侠客行》中的女主角丁珰时，更多妙语，他说倪匡在这整部小说中只注意丁珰一个人物，“亦甚可笑”；而谈到丁珰与石中坚在小舟中约会一段时，戈革说这情景使他“想到当年‘不识愁滋味’时的颐和园荡舟，那时虽无丁珰型之腻友，但到底也还有一点无拘无束的自由之感啊！”

本书“谁是理想的爱侣？”一章别具特色。戈革为女性挑选的理想爱侣前四名依次是：张无忌、段誉、胡斐、慕容复。他说他也考虑过韦小宝(据说有不少人愿意选择此人)，“但那小子一股俗气使人叵耐”，他忍受不了。而他为男性挑选的理想爱侣前四名依次是：王语嫣、任盈盈、赵敏、仪琳。王语嫣是戈革选定的“理想的妻子和情人”，是金庸小说众多女性角色中的“绝对冠军”。

戈革在《挑灯看剑话金庸》中还讨论了金庸新派武侠小说与旧派武侠小说之间的渊源。他对有时被人与金庸相提并论的古龙和梁羽生的武侠小说评价甚低，认为根本无法与金庸比肩。倒是对于旧派的武侠小说，戈革有相当高的评价。戈革也讨论了金庸小说的特点，以及金庸小说情节的基本模式。

那篇“金庸小说的扉页印章”很长，讨论金庸小说扉页印章，因为戈革自己在篆刻方面造诣甚高，而且他曾为金庸全部小说中的大大小小人物刻过章，凡一千六百余印，堪称洋洋大观，自然对印章有浓厚兴趣。这篇文章可以看成戈革的“印学游戏”，金庸小说只是一个由头而已。

戈革对金庸小说的见解，我以前和他闲谈时早已相当了解，我们在绝大部分问题上都有共识(本书中还引用了我的某些见解)。就《挑灯看剑话金庸》此书而言，我觉得唯一可以为戈革教授补苴罅漏的，是他对金庸小说中的“犯傻”未能有所阐述——我在以前的文章中谈到过，金庸总是让他笔下的英雄犯傻，“比如杨过跃下绝情谷、段誉死追王语嫣、张无忌大战光明顶、令狐冲热恋任盈盈……，但是每一次犯傻，每一次献身，最后都会意外得到大福报，成就大英雄。”“犯傻”是一种令人感动的境界，不过也许戈革教授不愿意从这样的角度来阐述。

《挑灯看剑话金庸》，戈革著，中华书局，2008 年 1 月第 1 版，定价：26 元。

从《无限的清单》到《清明上河图》

《无限的清单》

几年前旅行至旧金山，去“城市之光书店”逛过几次，那里当年曾是“垮掉的一代”活动的大本营。不过我当时倒没有在那里买凯鲁亚克或金斯堡，而是买了一些别的书。其中有一本翁贝托·艾柯的《无限的清单》（*The Infinity of Lists*，

2009)，因为十分奇特，买回后时常浏览把玩。后来此书中译本相继在台湾和大陆出版，承出版社惠赐一册，当然把玩更勤了。

此书的奇特，首先在于书中的插图。作为标准的“图文书”，此书插图篇幅殆过其半，这倒不算什么，奇特的是对图的选择。艾柯学养深厚，对图的选择又别具手眼，他编著或参与编著的几种著名图文书，如《美的历史》《丑的历史》《时间的故事》等，选图皆与众不同。这种对图的选择能力，是建立在学养、天性、情趣等基础之上的，具有强烈的个人色彩，并非靠“勤奋”就能获得的，别人也很难模仿。

但《无限的清单》的奇特，主要还不在图的选择上，而在书的主题及论述思路——图固然精美奇特，但主要是为这个主题和思路服务的。

“清单”算什么主题？特别是，艾柯并未将“清单”神秘化或玩弄概念游戏（从他创作的小说来看，这原是他拿手的），“清单”就是我们日常话语中的那个意思，比如饭店里的菜单就是一种清单。这样一个再平常不过的概念，居然能为它倒腾出一本 400 多页的书？

翁贝托 · 艾柯就有这个能力。

当然，艾柯这样聪明博学的人，十九不会犯太低级的错误，他应该知道选择“清单”作为主题意味着什么。在本书“导论”中他一上来就告诉读者：“卢浮宫邀请我挑选一个主题来筹办一系列会议、展览、公开朗读、音乐会、电影，我毫不犹豫，提出清单（也包括目录、枚举）这个主题。”

你看看，还远远不止一本400页的书呢！还要让卢浮宫举办一系列的文化活动呢！可是他提出这个主题居然“毫不犹豫”，显然是以前早就反复思考过的。

这就要琢磨琢磨本书的书名了。从翻译的角度来说，《无限的清单》虽然不失为一个可取的书名，听上去简洁响亮，但实际上却偏离了重点。英文书名的重点在Infinity一词上，这里可译为“无限性”。如果书名译作《清单的无限性》，听起来有点啰嗦，但能够比较准确地传递艾柯的想法——本书的重点就是讨论清单的无限性。

饭店里的菜单虽然也是一种清单，但这种“有限清单”确实是没有什么可讨论的。艾柯在这本图文并茂的400多页的书中，引用了西方文学史和艺术史上的大量作品，来讨论这样一个问题：文学家和艺术家如何表现清单的无限性？这本奇书的要旨，让我试着将自己的理解用大白话说出来，其实相当简单，就是两点：

一、在文学和艺术中，“拉清单”都是一种常见的表现手法——包括“有限清单”和“无限清单”；

二、世间任何文学或艺术作品的篇幅总是有限的，为了在有限的篇幅中表现清单的无限性，需要采用各种手法。这些手法归纳起来，用艾柯的话来说，就是“依违于‘无所不包’和‘不及备载’之间”。

这就需要举例了，《无限的清单》中有着许许多多的例。比如在荷马史诗《伊利亚特》中，为了表现希腊联军的浩浩荡荡，先是这么说：“兵甲耀日的那片人潮，有如一场烧遍森林的大火，又像一群如雷霆横空般飞过苍穹的雁或鹤。”这是并列的比喻，也就是枚举，也就是开始“拉清单”了。但这样一个短短的“有限清单”显然太不给力，荷马认为这里需要一个“无限清单”，或者说，需要展示清单的无限性，所以接着写道：“指点我吧，哦，住在奥林比斯山上的缪斯，……我不要将大军一一点名，即使我有十条舌头十张嘴。”接下去他说他只举出船长和船的名字，结果拉这个清单花掉了350节诗的篇幅。

文学是如此，艺术也类似。在“阿喀琉斯之盾及其形式”一节中，艾柯举希腊神话中阿喀琉斯的母亲为他准备的盾为例——关于这张盾上图案内容的描述，又要依靠荷马史诗《伊利亚特》了。这张盾其实就是一个“无限清单”，上面有日月星辰、山川河流，还有人烟稠密的城市；城市中还描绘了婚宴狂欢、法官判案；还有详细的战争场面……

当然，我们知道，在现实生活中不可能有这样的盾，一张小小的盾上没有可能描绘这么多的细节，就算有可能，如此精雕细刻的盾也不可能用到战场上——那可是要被刀枪剑戟砍砸劈刺的呀。但是，这是神用的盾，那就没问题了。于是“阿喀琉斯之盾”就变成后世艺术家创作时的固定题目，通常呈圆形，在上面描绘日月星辰山川河流和人间百态。艾柯在书中给出了两幅这样的作品(5 世纪、19 世纪)。

艾柯也许还不知道，“阿喀琉斯之盾”的表现手法，并非希腊人所独有，它立刻让我联想到中国历代的《清明上河图》。

北宋张择端作《清明上河图》长卷，描绘汴京城中的日常生活百态，此后《清明上河图》也成为后世艺术家创作时的固定题目，画家在这个题目下描绘各自所在城市的生活场景。虽然“阿喀琉斯之盾”常呈圆形，而《清明上河图》必为长卷，但它们同样都是一种“依违于无所不包和不及备载之间”的“无限清单”——艺术家描绘了有限的场景，同时暗示读者：还有无数场景，我就不画出来了。这种暗示，在一代一代相同题目的创作和欣赏中，已经成为艺术家和读者之间心照不宣的共同约定。

《无限的清单》，[意大利] 翁贝托·艾柯编著，彭淮栋译，中央编译出版社，2013 年 10 月第 1 版，定价：198 元。

《英雄》和它的分镜头剧本

这是一本相当奇特的书。我还在为《博览群书》杂志写“脉望夜谭”专栏时，它就是候选的书之一，但是因循蹉跎，久未动笔。几天前的一个深夜，在书架上又见到它，忽然间兜底上心，决定让它再续前缘。

《〈英雄〉制作全纪录》

这本书从封面上看，找不到署名作者；甚至连书名也搞不清楚到底是什么——封面上有一行“张艺谋电影作品英雄制作全纪录”字样。按照版权页上能够看到的信息，书名是《〈英雄〉制作全纪录》，作者是“江枫编著”。

自从十年前我迷恋上电影之后，当然也收集了不少与电影有关的书。但是有一类书我是不收集的，即所谓“电影书”。这种书通常是影片营销动作中的一部分，由剧照、明星生活照、影片相关八卦（包括导演的、影星的、拍摄过程中的）等内容组成，主要是供一般影迷追星怀旧之用。这本《〈英雄〉制作全纪录》，本来也属“电影书”一类，我之所以为它破例，主要是因为它的后半部分有“电影书”中罕见的内容。

通常“电影书”都用比较俗气的铜版纸印刷，因为要印大幅的彩色剧照和明星照。本书的前一半未能免俗，也是铜版纸和大幅彩照。但它的后半部分却不是铜版纸——我就是冲着这部分才收集此书的。这后半部分是影片《英雄》完整的电影分镜头剧本。

我虽然收集了一大堆和电影有关的书籍，诸如电影理论、导演传记、电影流派综述、好莱坞电影教材等等，甚至包括了里芬施塔尔的自传，但从来没有见过正式出版的电影分镜头剧本，所以对这本《〈英雄〉制作全纪录》就相当喜欢了。

《英雄》电影分镜头剧本共159场，1 456镜。奇怪的是，书的这一部分居然没有页码，不知是出版社的疏忽，还是电影分镜头剧本向来就有这种不编页码的惯例？因为依靠每幅素描下附文字中所标示的“场”、“镜”序号，也是可以检索的。分镜头剧本每镜一幅素描，画出该镜的主要场景，下面是文字说明。比如第32场第8镜（总第320镜），画面是秦王对着一排烛火，底下有说明文字（即剧本内容）：

> 3208（中近）秦王傲然：“六国算什么？寡人要率大秦铁骑，东渡大海，西跨流沙，从日出之地，扫平到日落之地，打一个大大的疆土！……”

我之所以喜欢此书，当然还有别的原因，原因之一是我喜欢《英雄》这部电影。

讲行刺秦始皇故事的电影已经拍过几部了，比如《秦颂》（1996）、《荆轲刺秦皇》（1999），虽然也要虚构故事情节，但基本上还是依照历史事件的大框架。而《英雄》则是一个“原创的武侠故事”——历史上根本没有长空、飞雪、残剑、无名、如月这些人物和他们的故事，只有秦始皇实有其人。

说到《英雄》的故事，有些人会想到黑泽明的影片《罗生门》——这是根据芥川龙之介的小说改编的。但常让我想到的是一个关于张艺谋的八卦：

张艺谋回忆他1979年首次看到电影《罗生门》时的情景时曾说："我一下子被它迷住了。几年后，在戛纳，我坐在一个不起眼的位置上，亲眼目睹了黑泽明接受终身成就奖。……有一次，我去东京办事，一位日本友人建议我去见见黑泽明，我不敢去。无论如何，他是一位享誉全球的大师，在电影的王国里，我那时不过是个小人物。"《罗生门》和黑泽明这两个名字在电影界的地位，由此可见一斑。而在我看来，这段八卦的意义在于，它暗示了《英雄》在故事结构上对《罗生门》的模仿或致敬。

《罗生门》是让几个不同人物，武士、武士之妻、大盗和樵夫，将同一个故事分别讲述，但每个人的故事版本都不相同。《英雄》也将同一个故事（有时是其中的不同段落）由不同的人物分别讲述：秦宫七大高手的报告、无名的叙述、秦始皇的猜测推理。两者不同的地方是，《罗生门》的故事真相是无法得知的，这正是此后"罗生门"成为一个典故的通常含义；而《英雄》中的故事是有"真相"的——当然不是我们通常所说的"历史真相"，这个真相被秦始皇猜测到了，并且得到了无名的证实和认同。

《英雄》上映之初，就有两句“酷评”出现在媒体上：“是摄影不是电影，是技术不是艺术”。对于这样有失厚道的评论，我是很不赞成的。评论一部电影比制作一部电影不知要容易多少，何况是这样一部精良之作。相信不怀偏见和成见的《英雄》观众，都不会真正赞同这样的“酷评”。

对《英雄》的另一种批评相对比较认真，比较有学理，即批评影片对秦始皇的态度。长空、飞雪、残剑三大绝世剑客，不惜以自己的生命，共同为无名换得了刺杀秦始皇的宝贵机会，可是无名在最后关头竟赞成了秦始皇的理念——批评者认为这就是张艺谋的理念。无名宁肯牺牲自己，也不杀秦始皇，为的是让他能够统一中国，从而终止百年战乱。

这个批评有没有合理性呢？认为影片袒护暴君，为暴政辩护，是在宣传错误的理念，从某些普适的人文价值来看，这样的批评确实也可以言之成理。但是从另一角度来看，中国能够屹立于世界民族之林而不倒，统一无疑是重要的因素之一。《英雄》上映于2002年，当时应该可以算是中国和平崛起的前夜吧。十年后的今天，如果再看《英雄》，会不会对影片所持的理念有新的感受和想法呢？

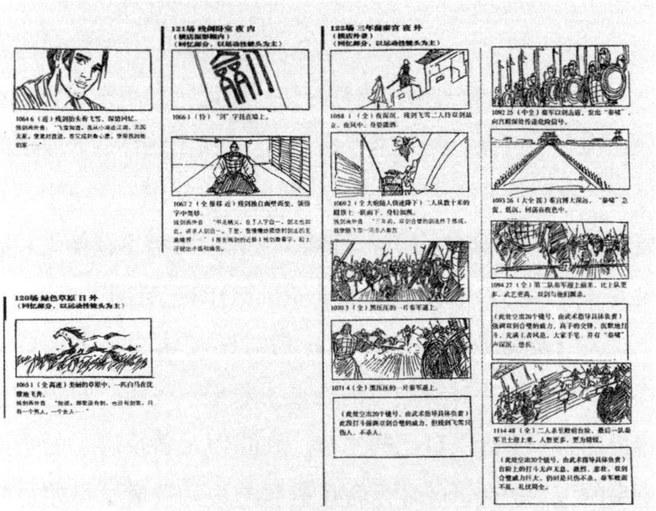

《英雄》分镜头剧本一页

《〈英雄〉制作全纪录》，江枫编著，辽宁教育出版社，2003年1月第1版，定价：33元。

智慧圆融《小世界》

英国人戴维·洛奇(David Lodge)1984年问世的小说《小世界》(*Small World*)，名头很大，而且很早就引进中国了，但这是一种小众读物，只引起了少数学者的注意。20世纪90年代初刘兵教授向我推荐刚问世的《小世界》第一个中译本，记得当时我正在为我的《世界历史上的星占学》一书编索引——那时可是要用手工编的！这活儿非常无聊而且痛苦。我编一会儿索引，读一会儿《小世界》，如此交替进行，一周后索引编完，小说也读完了。有趣的是，我们两人当时不约而同为《小世界》写了书评。

洛奇是英国当代著名文学批评家，同时又是成功的小说作家，一个人集这样两种身份于一身殊非易事——别人

《小世界》

对于他的文学批评，不能说他“光说不练”；对他的小说创作，不能说他“没有生活”。在中国，好像至今还没有出现这样的人物。

我初读《小世界》时，对各种后现代理论和创作还几乎毫无接触。尽管对于洛奇在小说中采用类似“圣杯传奇”的结构，以及小说中人物名字的隐喻之类，我碰巧有一点点相关的知识背景，但我完全没有将《小世界》中那些拼贴、隐喻之类的技巧与“后现代”联系起来。

小说《小世界》的故事场景，是用一条隐伏的线索贯穿起来的，这线索就是青年学者柏斯对年轻美貌的女学者安吉丽卡的爱慕。他对安吉丽卡一见钟情，就跟随她的

"学术芳踪"走遍全世界去追求她，从一个学术会议追到另一个学术会议，却总是镜花水月，每一次柏斯都功败垂成，失之交臂。

《小世界》有着丰富的后现代主义小说的特征。就说"拼贴"吧，书中不同的故事线索和描写手法，还有大量心理描写、意识流、象征、隐喻等手法的交替使用。传统的时间顺序和因果链也被淡化了，读者看到的经常是一幕一幕场景的闪现，夜总会、脱衣舞、性生活、色情电影……很像PPT的幻灯演示——顺便说起，卫慧的《上海宝贝》也给人这样的感觉，而且更为明显。

洛奇自述，他曾为给这部小说寻找一个叙事的"基础"而煞费苦心。后来从欧洲中世纪亚瑟王和圆桌骑士之类的传奇故事中获得了灵感，采用了类似"圣杯传奇"的结构，这样就可以"容纳一大批不同人物的漫长旅程"。其实这种手法在西方文学作品中并不新鲜，乔叟的《坎特伯雷故事》也是一批不同人物的漫长旅程，甚至和中国古典小说《儒林外史》的故事结构也有相似之处。

当然，从小说中人物的名字就可以看出，欧洲中世纪传奇故事确实给了洛奇大量灵感。例如，小说中的青年学者柏斯，其实就是圣杯传奇中的帕西法尔（Parsifal），那是一个"天下之至愚"的山村少年，后来却成了众骑士的首领，瓦格纳据此创作了名为《帕西法尔》的三幕歌剧。又如，小说中的国际学术大权威，亚瑟·金费舍尔，则明显就是“渔王”（Fisher King）的翻版，他苦于缺乏新思想，与此对应也就失去了性冲动……

对于小说而言，成语“见仁见智”的鲁迅版，就是“道学家看见淫，经学看见易，革命家看见排满，流言家看见宫闱轶事”，被誉为“西方《围城》”的《小世界》，自然也可以看出多方面的主题。表面上看最突出的当然应该是情爱的主题，小说副标题“学者罗曼斯”已经提示了这一点。还有很表面的，比如旅游，小说中写到十几座世界名城，一个个学术会议依次在这些名城召开，据说小说中的描写都是真实的，可以用作旅游指南。

当然我们还可以说小说的主题是学术，这是洛奇的老本行，自然驾轻就熟，诸如经典作家、结构主义、女权主义、出版内幕、文学批评，无不被洛奇逐一调侃了一番。

但是，《小世界》真正令我们会心一笑的，是洛奇对当代学术活动中“国际学术会议”这种玩意的揭示和写照。这就要讲到《小世界》中另一个重要角色——扎普教授了。扎普教授干脆就一个“学术油子”，他满世界飞来飞去，在各国参加各种各样的学术会议，一篇论文可以在各个不同会议上反复演讲。他调情，他猎艳，他也张罗学术会议，当然也不忘记巴结比他更大的学术权威，比如亚瑟·金费舍尔。他生活在“文人的野心和情欲之间的张力中”，他认为自己的身价已经够得上“一份年薪十万美元的闲职”。值得注意的是，对于这样一个人物，洛奇在小说中并未进行任何道德批评，至多只是对他稍作揶揄而已。

《小世界》里确实有不少“智慧的洞见”，洛奇在接受媒体采访时，曾谈到《小世界》和亚瑟王、圆桌骑士及圣杯传奇的关系，他表示，“我所熟悉的学术环境确实与这些传奇不无共通之处”。这段话让感到十分鼓舞——我三十年前成为“金迷”，就是因为我所置身的学术环境确实与金庸小说中的武侠世界“不无共通之处”。我们完全有理由认为，洛奇借用古代骑士传奇，建构了描绘当代学术生态的《小世界》；金庸则借用当代文坛（当然也可以包括学术界）的结构和机制，建构了他小说中的武侠世界。在意识到并且利用这些“同构”这一点上，洛奇与金庸真正称得上是异曲同工。

在我自己的学术圈子里，就曾有一位“扎普教授”，他是韩国人，有几年时间，在我遇到他的所有学术会议中，他总在做同一个演讲。那时还没有流行 PPT，大家演讲时往往用透明薄膜做投影，这位教授将薄膜做成 A4 尺寸的幻灯片——有硬质的边框保护，这样薄膜就可以反复使用而不损坏。当然，他讲的内容远不如扎普教授的有趣——扎普教授的话题总是时髦当令，而且经常和性有关。

二十年前，我曾说“中国的扎普教授们已经成长起来，更多的柏斯们则正在攻读博士学位”。现在我们学术当然更加繁荣了，出版了无数专著，发表了无数论文，召开了无数会议，提升了无数教授，扩招了无数博士……不止一个中国学者曾向我表示，自己打算写一部当代的《围城》或《儒林外史》，因而也就是写一部中国版的《小世界》，可惜的是至今未见有人写出来——不是没有出版过类似主题的小说，只是和《小世界》一比就太相形见绌了。

《小世界》，［英］戴维·洛奇著，罗贻荣译，重庆出版社，1992 年 12 月第 1 版，定价：6.85 元；王家湘译，上海译文出版社，2006 年 12 月第 1 版，定价：28 元。

刀锋行者：三观尽毁杀人夜
——重读《银翼杀手》原型小说

科幻影片《银翼杀手》（*Blade Runner*，1982）上映之初，恶评如潮，既不叫好也不叫座，连饰演男主角的哈里森·福特也不以出演此片为荣。然而二十多年后，《银翼杀手》的声誉却扶摇直上，成为科幻影片中地位极高的经典，2004年英国《卫报》组织60位科学家评选“历史上的十大优秀科幻影片”，它竟以绝对优势排名第一。《银翼杀手》先后已有7个不同版本，最后发行了导演斯科特的“钦定”最终版本。

影片《银翼杀手》根据菲利浦·迪克（Philip Dick）的小说《仿生人会梦见电子羊吗？》（*Do Androids Dream of Electronic Sheep?*）改编。迪克生前贫困潦倒，但身后他的科幻小说却声誉日隆——根据他的小说改编的科幻影片至少已有 9 部：《银翼杀手》、《全面回忆》（*Total Recall*，1990）、《尖叫者》（*Screamers*，1995）、《少数派报告》（*Minority Report*，2002）、《冒名顶替》（*Imposter*，2002）、《记忆裂痕》（*Paycheck*，2003）、《黑暗扫描仪》（*A Scanner Darkly*，2006）、《预见未来》（*Next*，2007）、《命运规划局》（*The Adjustment Bureau*，2010）。

《仿生人会梦见电子羊吗？》是迪克写于 1967 年的中篇小说。改编成电影时，从别处买来了一个标题 *Blade Runner* 的使用权。按照字面意思，这个片名应该译成《刀锋行者》，现在常用的中译名《银翼杀手》据说来自台湾，显然不是确切的翻译。不过既已广为流行，也就约定俗成了。

《仿生人会梦到电子羊吗？》

小说的故事集中在 24 小时左右的一昼夜中。

经历了又一场世界大战之后，地球环境残破不堪。人类已经前往外太空殖民，留在地球上的人们前途暗淡。公元2019年的洛杉矶（小说中原来设定的年份是1992年），颓垣断壁，阴雨连绵，暗无天日。

当时人类已经掌握了“仿生人”（Android）技术，Tyrell公司研制的仿生人仿照人类精英复制，不断更新换代，到Nexus-6型的时候，即使被放到人类中间，也已经出类拔萃了，个个俊男倩女，而且综合能力和素质极高。不过即使已经如此优秀，它们仍然没有人权。仿生人被用于人类不愿亲自从事的各种高危险工作，比如宇宙探险或是其他星球的殖民任务。而且只有四年寿命，四年一到即自动报废。

但仿生人既已如此优秀，不可能长期忍受奴役，反叛终于出现。人类政府于是宣布仿生人在地球为非法，并雇佣赏金猎人剿杀仿生人。这些赏金猎人就是“银翼杀手”。故事开始时，警察局长请已经金盆洗手的前银翼杀手德卡德重新出山，因为又有几个Nexus-6型仿生人来到地球。德卡德贪图赏金，遂在残破的洛杉矶城中重操旧业。

谁想德卡德在全力追杀仿生人的过程中，却爱上了一个仿生人—— Tyrell 公司老板的美丽秘书蕾切尔

(Rachael)。她不在追杀任务的名单上，因为老板宣称她是“公司财产”。但是德卡德对自己的任务越来越困惑。在他最终完成追杀任务的那个夜晚，用译者许东华的话说，德卡德“三观尽毁，完全变成了一个新人”。作者迪克则表示：“在我看来，这个故事的主题是德卡德在追杀仿生人的过程中越来越丧失人性，而与此同时，仿生人却逐渐显露出更加人性的一面。最后德卡德必须扪心自问：我在干什么？我和他们之间到底有什么本质的不同？如果没有不同，那么我到底是谁？”

影片《银翼杀手》省略了小说中的一些次要线索，比如德卡德和妻子之间的矛盾、领养动物或昆虫作为宠物的风尚等等（所以“仿生人会梦见电子羊吗”自然就没了着落）。影片强化了德卡德在追杀仿生人过程中的道德和人性冲突，最后在与仿生人巴蒂决斗时，德卡德不堪一击，完全居于下风，而此时因为四年寿命即将期满已到临终时刻的巴蒂，不仅没有让德卡德“垫背”，反而出手救了德卡德，然后说了那段著名的遗言之后死去——那段在小说中并未出现的遗言之所以著名，是因为迄今还没人能够将它解释明白。最后德卡德带着蕾切尔不知所终。

在这个故事中，最重要的是纠缠在德卡德身上的两个主题：

一是仿生人的人权问题：巴蒂这样优秀的仿生人，英俊健美，豪侠仗义，富有艺术修养，有着高尚人品——他连在搏斗中陷入绝境的敌人都愿意伸出援手救彼一命，这样的人却没有人权，而且只有四年寿命，这不是太不合情理了吗？所以德卡德会对自己的任务困惑，况且他又爱上了一个仿生人。人权究竟依据什么来获得？是依据生物学上的“出身”，还是依据人性——也就是文化？这个问题也可以平移为“机器人的人权”或“克隆人的人权”，在许多科幻小说和影片如《机械公敌》（*I, Robot*，2004）、《逃出克隆岛》（*The Island*，2005）中都涉及了。

二是我们能不能够真正知道自己所处世界的真相？小说和影片中关于记忆植入的故事情节反映的就是这个主题——事实上，德卡德就无法知道他自己究竟是谁（他也可能是仿生人）。迪克在多部小说中反复涉及这个主题。

小说还反映了迪克对于现代化“无限发展”的深层忧虑。比如德卡德质问 Tyrell 公司老板：没有任何人要求你们将仿生人研制到 Nexus-6 型这么先进，你们为何要这样做？得到的回答是：如果我们不做，行业里总会有人这样做的。又如小说中对垃圾问题的悲观而夸张的想象。这些都表现了迪克对人类未来的悲观和忧虑。

《仿生人会梦见电子羊吗?》,[美] 菲利浦 · 迪克著,许东华译,译林出版社,2013 年 9 月第 1 版,定价:28 元。

文学造假之不同于科学造假

——关于《普希金秘密日记》

科学造假历来有之，于今为烈，盖因名利“标的”越来越大，恶性竞争普遍出现，难免有人出此下策。通常是借助造假以求获得其实尚未出现的科研成果，近日日本“科学女神”小保方晴子即遭此指控，甚至出现其导师笹井芳树自杀之事——此事很可能另有隐情，不是本文要讨论的问题。此外，也不时出现通过指控“造假”诬陷打击竞争对手之举。

还有一种情形，如1919年爱丁顿爵士率队观测日食，验证爱因斯坦广义相对论关于引力场导致光线偏折的预言，其实爱丁顿当时拍摄的照片并不能提供验证，但他修改了数据，发表报告宣告验证成功，世人信之，垂数十年。这在今日完全可以被指控为科学造假，但因其结论在半个世纪后终获证实，后人通常不将此事列入造假事例，爵士遂成漏网之鱼。

文学造假至少有两点与科学造假不同。其一，造假者往往伪托名家，以别人的名义发表作品，自己放弃创作荣誉，而不是像科学造假那样争夺荣誉；其二，即使造假被揭露，其伪托作品毕竟出自他本人创作，仍不失为一部文学作品。这一点和科学造假中成果通常是虚幻的有本质不同。例如前些年有著名的《光明之城》公案，其书被史学界目为伪书，而“发现者”乃辩称：“多么希望如此精彩作品出于我手，可惜不是”云云。

《普希金秘密日记——1836～1837》

十几年前，有《普希金秘密日记——1836～1837》引入中文世界，至少出现过三个中译本，其中大陆的两个版本皆有严重删节，因为日记内容极度色情，实在过于重口味。这里不能直接引用举证，姑引彭淮栋“译序”中所述以见一斑：

> 自他与新妇纳塔丽亚同领男欢女爱的通幽曲径而下，贯串生平所历女阴，由生母亲姊至使君之妇，从青楼妓女而上流贵妇，自乡野村姑至通都名媛，由情人之姊妹至两个大姨子，难以备载。日记中的普希金视交合为极乐之天，女阴为生命之门，无论夫妇合欢，女友云雨，平康行乐，叙述床第技巧不厌精细，唯求赤裸；抒写云情雨意务求透彻，专重直露。

从日记内容看，这一作品堪称普希金的临终绝笔。因禁卫军军官丹特士公开追求普希金的妻子纳塔丽亚，普希金向他提出决斗（旧历 1836 年 11 月 5 日），日记从“我找丹特士决斗了”开始，至决斗举行前一天而止（旧历 1837 年 1 月 26 日）。次日决斗中，普希金中枪，两天后救治无效身亡。日记似乎是在死亡阴影下回顾生平，而此死亡阴影因女子而来，回顾时集中于自己一生情事，倒也合情合理。

一部如此与众不同的名家作品，横空出世，当然要有一个故事与它相伴而行。在《普希金秘密日记》的“前言”中，米哈伊尔·阿尔马林斯基讲了一个关于此书的绘声绘色的故事，相信这个故事者不乏其人。故事梗概如下：

1976年阿尔马林斯基移居美国前夕，一个名叫尼古拉·帕夫洛维奇的人，托他将一份神秘手稿——《普希金秘密日记》——带往西方出版。手稿用法文密码写成，已由帕夫洛维奇将它译成俄文。当时阿尔马林斯基还问帕夫洛维奇，为何不在苏联出版此书？帕夫洛维奇的回答是："不管多少世纪过去，这位偶像仍然不容冒犯。"这个回答听起来倒也合情合理。

译者彭淮栋也是相信这个故事的，他在"译序"中说：

> 这些文字不是"大节不亏小节出入可也"的随兴戏论，也不是正务之暇聊为遣怀的侧艳之词，而是普希金其人其文的整体重要构成部分。他有意以此整体全貌示人，自言一因日记所述种种罪孽、错误及身心折磨，与他的其余宏篇杰作同属他传世总体的要素，不可以独没世而不彰；二因"写作病"无可救药，虽千万人吾往矣。妻子儿女何辜，仍要做人，但此病与生俱来，这些心事隐衷即欲不付诸纸笔，也不由自己。

当然，《普希金秘密日记》这朵文学奇葩问世不久，就被指为造假。在中文世界，笔者所见最重磅的指控文章，当数陈训明的长文《误读与伪造普希金》（载 2002 年 9 月 4 日《中华读书报》）。

不过，要确认文学造假，有时比确认科学造假更困难，因为科学结论假以时日往往可以得到验证——证实或证伪；而要认定文学造假，通常需要在文本本身内容中找出与可信历史记录不符之处，或与作者公认作品的矛盾冲突之处——而且风格除外，因为一个作者完全有可能创作风格迥异的作品。而在陈文中，恰恰没有任何上述两方面不符或冲突的内容，有的只是他本人极为强烈的义愤，因为在他看来，如此淫秽的作品，竟和普希金瓜葛在一起，是对这位俄罗斯文学之神难以容忍的冒犯和亵渎。

而且，陈文本意是指控《普希金秘密日记》造假，我却从陈文中看到了三条对阿尔马林斯基所述《普希金秘密日记》故事有利的证据：

一、普希金年轻时就写过色情长诗《巴尔科夫的幽灵》，也是直至 20 世纪 90 年代才得以出版。二、关于普希金有尚未出版的日记的传说，在俄罗斯文学界长期流传。三、普希金确实有过用密码写作的例证：《叶甫盖尼 · 奥涅金》第十章残稿就是如此，而且已经得到公认。

所以，也就难怪，关于《普希金秘密日记》的真伪似乎尚无定论。陈文虽力言其伪，但至少从论证和叙事策略上来说，是不成功的。

《普希金秘密日记》，［俄］普希金著，秦艳译，珠海出版社，1990 年；彭淮栋译，海南出版社，1999 年；彭淮栋译，联合文学出版社(中国台湾)，1999 年。

泰坦尼克号上的绝世奇书

又是一个100多年前的故事。这个故事发生的场景，对当代读者来说已经相当遥远了。

当时英国还有许多书籍装帧公司，它们的业务主要是替富人的藏书做个人化的装帧。在印刷术已经普及的年代，书籍的“芯”当然是批量生产的，但富人可以给自己心爱的书籍穿上华贵的“外衣”，包括重新设计制作的封面，以及环衬、扉页之类，使自己的藏书显得独一无二与众不同。

这种书籍装帧公司的灵魂人物，通常是公司的设计师，他们在很大程度上已经臻于艺术家的境界，对书籍和艺术的热爱会驱使他们做出珍贵的书籍艺术品，当然有时也会驱使他们做出一些痴迷、傻气或一往情深的事情来。

当本文的故事开始时，这种书籍装帧公司的春天已经过去，有不少已告歇业，但“桑格斯基 & 萨克利夫”公司却逆势而上，反而在 1901 年崛起了。此后一个世纪中，这家公司声誉卓著，成为行业中的翘楚。他们的主顾中包括王室成员，以及当时最重要的私人出版公司。在这家公司中，佛朗西斯 · 桑格斯基(F. Sangorski)是艺术家，经常出灵感；乔治 · 萨克利夫(J. Sutcliffe)则是优秀的设计师和工匠，而且据说富有商业头脑。

故事从 1907 年桑格斯基邂逅一个名叫约翰 · 斯特恩豪斯(John Stonehouse)的人开始。此人当时受雇于伦敦书商萨瑟兰(Henry Sotheran)，他的任务包括替萨瑟兰收集和定制珍稀书籍，以供萨瑟兰向各国藏书家及富人销售。斯特恩豪斯激赏桑格斯基的装帧作品，一见便有惊艳之感；桑格斯基则迷恋着波斯的艺术和《鲁拜集》。这两个人一拍即合，斯特恩豪斯竟然在未获得东家授权的情况下，擅自委托桑格斯基装帧一本豪华的《鲁拜集》，而且这种委托是如此的骇人听闻——根本没有价格限制！斯特恩豪斯表示：

> 你喜欢什么，就用什么；你想收多少钱，就收多

少钱。你的价格越高，我可能越满意。如果得到大家认同，你所用的一切材料，你为此收取的费用，就都理所应当。待它完工时，它将是装帧最现代的一部作品，这就是唯一的要求。

这样荒唐离谱的委托，会不会让人怀疑是遇到了骗子？桑格斯基可没有怀疑，他大张旗鼓地干了起来，费尽心血，花了两年时间，装帧出了一本超级豪华的《鲁拜集》。当此书惊艳亮相时，媒体是这样报道的：

书的表面装饰着 1 500 颗宝石，每个都单独放在一个金环扣中。绿色的上等摩洛哥羊皮，有皮质的书脊槽和封里裱衬，棕色的摩洛哥山羊皮环衬页，整本书以精妙的镶嵌和烫金工艺完成。

当这本《鲁拜集》在萨瑟兰书店为庆祝英王乔治五世加冕而举办的书展上亮相时，《图像》杂志（*The Graphic*）夏季号刊登了它的照片，当然也有许多赞美之辞，称赞它是“当代书籍装帧的杰作”。这本《鲁拜集》在书目上的标价是 1 000 英镑——现在的土豪可能认为这是小数目，不过在当时可是一大笔钱。

说到土豪，就容易理解斯特恩豪斯为什么敢作上面这样荒唐的委托，以及桑格斯基为什么敢接受这样的委托了。当时的土豪在哪里？在美国。在那时的欧洲文化人看来，美国就是暴发户，就是有臭钱没文化的土豪。影片《泰坦尼克号》中，柔丝小姐就是去嫁给一家美国土豪的，所以柔丝小姐想想不甘心，要和有文化的艺术家恋一场。

萨瑟兰这样的书商，还有“桑格斯基 & 萨克利夫”这样的书籍装帧公司，此时他们的主要买家，正越来越多地出现在盛产暴发户的美国。到 19 世纪 20 年代，“桑格斯基 & 萨克利夫”公司的书籍，75%都是销往美国的。所以遥望大洋彼岸，斯特恩豪斯和桑格斯基当时都不担心他们的杰作会找不到买家。既然如此，逮着机会为自己的艺术爱好荒唐一把，疯狂一把，又何乐而不为呢？

我们故事的下半部，正是由美国人完成的。

却说这本豪华装帧的《鲁拜集》惊艳亮相之后，确有买家出现，而且正是一位美国土豪。纽约商人加布里埃尔·维斯(Gabriel Weis)有意买下此书，但他只肯出 800 镑，萨瑟兰和他讨价还价，让到 900 镑，他还是死活不答应(这还算什么土豪啊)，交易只得告吹。

斯特恩豪斯决定，干脆将此书送往美国展览，让美国土豪们在实物面前惊艳一番。他定于1912年动身赴美，先将此书装船运往美国，不料美国海关告诉他，此书要被征税。几经交涉，美国海关坚持征税，萨瑟兰拒绝交税，豪华本《鲁拜集》竟又被运回英国。

接下来，萨瑟兰又为装帧的酬金和桑格斯基发生了争执，毕竟书未能顺利售出，许多事情都不那么令人愉快了。萨瑟兰厌倦了此事，就将《鲁拜集》送往索斯比拍卖行拍卖——悲剧就从这里开始了。

这本最初标价1 000英镑、萨瑟兰800英镑坚持不肯卖的豪华装帧《鲁拜集》，在拍卖中居然只以405镑成交！桑格斯基、斯特恩豪斯、萨瑟兰全都大失所望，他们眼看充满自己殷切期望的《鲁拜集》以不足心理价位一半的价格被人买走。买家还是美国人，另一位捡了大便宜的美国土豪。

更不幸的是，这位美国买家带着新拍到的绝世奇书，上了泰坦尼克号！

巨轮的钢筋铁骨，也经不起海水一个世纪的腐蚀浸泡，一本书当然更不用说了——我不是在谈论电影，在现实世界中，这本豪华装帧的《鲁拜集》肯定烂得没影了。噩耗传来，桑格斯基欲哭无泪。10星期后，他在游泳时溺

《随泰坦尼克沉没的书之瑰宝》

水身亡，年仅37岁。

20年后，萨克利夫的侄子布雷，在公司的保险柜中发现了当年豪华装帧《鲁拜集》的设计图纸，他用7年时间重新做了一本，再现辉煌。时值1939年，世界大战爆发在即，布雷将这第二本豪华装帧《鲁拜集》藏在一个箱子里，但德军的轰炸将房子夷为平地，熊熊大火的高温毁掉了杰作。布雷大难不死，在晚年又做了第三本豪华装帧《鲁拜集》——这就是艺术家痴迷、傻气或一往情深的故事。这本《鲁拜集》终于得以免遭厄运，现在是大英图书馆(the British Library)的藏品。

《随泰坦尼克沉没的书之瑰宝》，［英］罗勃·谢泼德著，李凌云译，海豚出版社，2015年4月第1版，定价：210元。

史

当了巴比伦王室的见习巫觋

——关于《巴比伦泥版楔形文书天文表》

20 世纪 80 年代初，我在北京念中国科学院自然科学史研究所的研究生，常有机会随侍先师席泽宗院士。先师讲学余暇，也不时回忆学界前辈种种轶闻趣事，每每令我听之入迷，或大开眼界，或心向往之。一日先师闲谈时曰：某院士曾向我亲言：“自己一生学问，就从几册书中来。”初闻此语，颇觉夸张，因与我一向服膺的“博览群书”之旨明显不合。先师曰：这样的书，当然是指那种能够为一门学问打下扎实基础的传世之作，非等闲之书可比。我率尔叩问道：那我们天文学史领域中，有何书可以当此？先师略沉吟了一下，曰：诺格堡之《古代西方数理天文学史》，差可当之。

我那时初入学问之途，向学之心甚切，第二天就从研究所的图书馆——该馆至今仍是全中国最完备、最好的科学史专业图书馆——书库中将诺格堡(O. Neugebauer)的《古代西方数理天文学史》（*A History of Ancient Mathematical Astronomy*)借出，凡三巨册(两册正文一册附图)。当时也不管是不是力所能及，就摆开阵仗“攻读”起来。

诺氏书中的第二卷，专讲巴比伦天文学，其中经常引用到一种缩写为 *ACT* 的文献，因为老是遇到这个缩写，我就注意起来，一查，原来这书就是《巴比伦泥版楔形文书天文表》（*Astronomical Cuneiform Texts*），正是诺氏本人编的，1955 年在伦敦出版。

那时老师们经常强调“第一手文献”的重要性，而以往中国学者之所以很少研究涉及西方天文学史的课题，主要原因之一就是在国内难以接近西方的第一手文献。现在这个 *ACT* 自然是当之无愧的第一手文献了，我怀着碰碰运气的心态，又到研究所图书馆的书库中去找，居然找到了！又是三巨册，布面精装。从那张早已发黄的空白登记卡上，我知道该图书馆 1956 年购入此书，30 年来，我是此书的第一个读者。

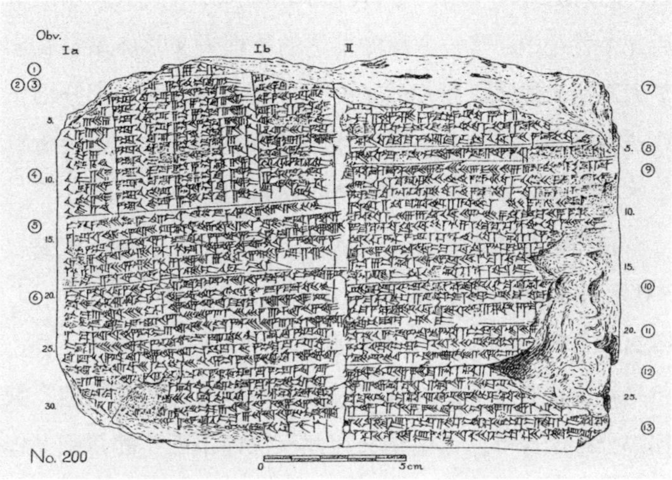

《巴比伦泥版楔形文书天文表》中的一页

巴比伦故地在西亚两河流域(今伊拉克)，古称美索不达米亚。这一地区的文明可以上溯到约公元前4000年时的苏美尔人(Sumerians)，以后阿卡德人(Akkadians)、亚述人(Assyrians)、迦勒底人(Chaldeans)先后在这一地区建立统治。亚历山大大帝(Alexander the Great)于公元前330年征服该地区，公元前323年亚历山大去世，他的部将们瓜分了这个昙花一现的大帝国，两河流域开始了塞琉古(Seleucid)王朝时期。

虽然迦勒底人的星占学和天文学在欧洲早已非常有

名，但只是近百年来的考古研究才揭示出：在公元前的最后几个世纪中，有一个高度发达的数理天文学体系存在于美索不达米亚。已发现的天文学原始文献，绝大部分属于塞琉古时期，相当于中国的战国后期至西汉末。在西方科学史上，这属于非常重要的“希腊化时期”。

这批已发现的巴比伦泥版楔形文书天文文献，主要是300张天文表。有三位耶稣会神甫，J. N. Strassmaier、J. Epping和F. X. Kugler，曾对此作了极为艰巨的整理工作，包括释读这些表格的内容、根据表格本身的数理结构将缺损部分补全等等。诺格堡又在此三位神甫工作的基础上作了综合性研究，编成三巨册《巴比伦泥版楔形文书天文表》，前两册是对这些巴比伦天文表中天文学内容和数学方法的分析，第三册包括这些楔形文书泥版的照片、摹本和翻译成阿拉伯数字的原始表格。诺格堡在卷首将此书题赠给上述三位神甫，尊他们为研究巴比伦天文学的先驱。

尽管诺氏表示：由于巴比伦天文学发展过程的资料还很缺乏，“我们尚远远谈不到巴比伦天文学的历史”，但考虑到考古发现的偶然性，这批资料已经具有相当大的“集大成”性质。况且已经有人前赴后继作了如此艰巨的研究整理工作，将表格从恍如天书的巴比伦楔形文书变成了阿拉伯数字，那是何等难得！考虑到这些因素，我立刻将这三巨册借回宿舍，当成我的“枕中鸿秘”之一。

除了古希腊之外，世界诸古代文明中，都没有存在过现代意义上的天文学活动，存在的只是星占学活动——本质上可以归入巫术范畴。但是在星占这种巫术活动中，却不得不使用某些天文学方法。《巴比伦泥版楔形文书天文表》中所记载的，就是在塞琉古王朝时期的星占活动中所使用的天文学方法和数据。

古代天文学的基本问题，一言以蔽之就是一件事：在给定的时间、地点，推算出日、月、五大行星在天球上的位置。这在古代东西方都是如此。现代天体力学根据万有引力理论，可以准确推算出日、月、五大行星任意时刻在天球上的位置，而在天体力学问世之前，古人要解决上述问题，基本上只有两条途径：一是采用几何模型（古希腊天文学就是如此，受其影响的阿拉伯天文学和印度天文学也是如此），二是采用数值模型。

《巴比伦泥版楔形文书天文表》就是塞琉古王朝时期的周期数值模型：通过长期观测，积累了非常准确的数据，由此构建一系列周期函数，利用这些周期函数的叠加，也可以相当精确地推算出日、月、五大行星任意时刻在天球上的位置。

不过，真要将书中这些神秘表格读懂，那可是一桩苦差。主要是它们实在太枯燥了。在我将博士课程全部修完，进入博士论文写作阶段——我的博士论文题目与巴比伦及这些楔形文书天文表完全没有关系——之后，我有时就可以回上海了。有几个月时间，我在上海临时借的一间古人所谓"几榻萧然"的破屋中，发奋攻读诺氏的这两部大书。《巴比伦泥版楔形文书天文表》既难懂，又非当务之急，当时究竟是什么念头驱使我在"两线作战"的状态下（那时的当务之急是准备博士论文）去攻读它们的，现在几乎已经记不起了。也许就是纯粹的好奇心吧。

钻研这些天文表时有一种相当奇特的感受。我在那间破屋中经常想，两千多年前的那些巴比伦星占学家——也就是巫觋（这是中国古代的说法，女巫曰巫，男巫曰觋）——也同样要钻研这些表的啊，我现在就权当是在担任巴比伦王室的见习巫觋，进行专业培训吧。两千多年前的人都能弄懂的事情，我只要肯下功夫，总该也能弄懂吧。

这几个月的"见习巫觋"，最终并没有白当。我将《巴比伦泥版楔形文书天文表》中对太阳和行星运动不均匀性的描述，与中国六朝隋唐时代历法中的相应内容进行比较，发现了一些古代中西方天文学交流的新线索。随后的两年中，我在《天文学报》、《自然辩证法通讯》等杂志上，连续发表了一组讨论巴比伦天文学方法与古代中国历法之间关系的系列论文。这可以算是这场好奇心带来的意外成果。

O. Neugebauer： *Astronomical Cuneiform Texts*（*ACT*），Lund Humphires，1955.

朝鲜半岛之当年明月

——在汉城搜寻《三国遗事》

业余写手当年明月等人写的通俗历史读物大卖，有些“体制内”的学者也开始仿而行之，写作一些同类读物。这又引来一些学者发表议论，或谓当年明月等人所写更八卦故更可读而学者所写更为严谨云云。我当然没有义务在这里判断谁更严谨谁更八卦，不过倒是愿意提供另外一种思路，聊供谈助。

夫八卦者，非当代写手之专利也，此事古已有之，现代学者亦多有之。

比如谈到汉武帝，言其信任卫、霍以驱匈奴，固学术也；要是再讨论一番当时中亚政治军事形势，则更学术矣。然而要是谈到汉武帝还在孩提时代被抱在大人膝上时，就知道要娶漂亮的阿娇做老婆，而且许下了“金屋藏娇”的诺言，而且长大后还真兑现了，岂非八卦之至？要是觉得《汉武外传》之类乃野史小说不足为据，那么看看《史记 · 孝武本纪》，里面记载的全是汉武帝祀鬼神、迎神仙、求长生并且一次次上当受骗的故事，这些故事中的任何一件放到今天，皆媒体上之大八卦也。至于汉武帝临幸其姑母馆陶公主(一位约60岁的老太太)府第，接见她的18岁少年面首董偃，并称之为“主人翁”（现代汉语中“主人翁”一词即本于此)，更是当时皇室之超级大八卦——而此事记载在最正宗的官史《汉书》卷六十五中。类似的例子在历代官史中有的是。

现代学者也一点不缺八卦情怀。比如谈到李约瑟，言其煌煌巨著《中国科学技术史》，固学术也；要是再分析一番他的研究成就与不足，则更学术矣。然而要是谈到李约瑟之所以献身于中国科学技术史研究，是因为爱上了当时年轻貌美的中国留学生鲁桂珍，岂非八卦之至？然而这个看法也是不少学者愿意采信的。

我之所以提到上面这些陈年旧事，只是想借此指出两点：

一、学术与八卦之间，本来“没有不可逾越的鸿沟”。二、许多古代八卦，因托身古籍之中，年代久远之后，形成历史光环，虽八卦亦成经典矣。

因为经常留意古人的八卦情怀，就将我引导到《三国遗事》上去了。

这三国不是我们熟悉的“三国”，而是当年朝鲜半岛上新罗、百济、高句丽三个国家的故事。有《三国史记》和《三国遗事》两书，被视为朝鲜古代史书中的双璧。我对《三国遗事》闻名已久，1993 年到韩国去开会，就抽空前往汉城各大书店中搜寻此书。但是我连续去了几家书店，包括号称汉城最大的那家，都很失望。原因不是韩国人不重视此书，恰恰相反，恐怕是他们太重视此书了——他们已经将它译成了现代韩文（就像我们这里将古籍译成白话）。几家书店里出售的都是译成现代韩

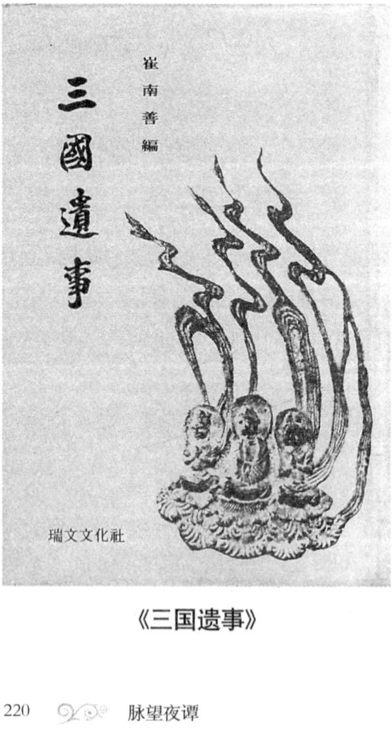

《三国遗事》

文的版本，而我完全不懂韩文，这样的版本我就没法阅读了。我希望找到的是未经翻译的版本——因为和许多朝鲜古籍一样，《三国遗事》本来是用汉语写成的。

最后，就在我大失所望，准备废然而返时，却非常意外地在一个不起眼的书架上找到了一种未经翻译的《三国遗事》。精装一厚册，检视我夹在书中的“汉城图书中心”收据可知，售价为 9 000 韩元，约合当时的人民币 90 元。

这部《三国遗事》，正文前有韩国学者崔南善写的长达数十页的导读（“解题”），这崔南善也是《三国史记》的整理者。导读是用韩文写的，但因为是非常“学术”的文本，所以其中有许多汉字——在这方面日、韩很相似，都是越“学术”的文本汉字越多。正文后面还附录了 12 种朝鲜半岛早期历史的原始文献残篇，其中只有第二种《广开土王陵碑》（俗称“好太王碑”——该碑在中国吉林省集安市）是我以前读过的。

《三国遗事》分为五卷，在内容上又分为长短不一的九个部分。卷一包括“王历第一”和“纪异第二”。“王历”类似《史记》中的年表，“纪异”则延伸至卷二的全部，历数历代诸王的种种神异事件——用今天的眼光来看，没有一件不八卦的。卷三包括“兴法第三”、“塔像第四”和

“义解第五”，所言全部是佛教中的神异故事。卷五包括了“神咒第六”、“感通第七”、“避隐第八”和“孝善第九”四个部分，“神咒”和“感通”一看就知道是讲各种灵异事件的（很像中国的六朝志怪笔记小说），而“避隐”和“孝善”只有很少几页篇幅。

要说《三国遗事》中的八卦情怀，比起中国眼下当年明月等人所写的通俗历史读物来，不知道要浓烈多少倍！我姑且随手举几个例子：

“纪异”中第一条就记载开创古朝鲜的君王“坛君王俭”，说他是“桓雄天王”和一只化身为女人的熊交媾而生下的，而且极为长寿——“御国一千五百年”之后成为山神，“寿一千九百八岁”。当然你可以说这是各民族常见的“神话传说”，不足为奇。

那么再看“神武大王”，这早就不是“神话传说”时代了。他是一个篡位的君王，篡位前向侠士弓巴许诺：如能助其篡位成功，就迎娶弓巴之女为妃，弓巴于是举兵侵犯京师助其篡位；但神武大王即位后，群臣力言弓巴之女身世寒微，不能为王者妃，大王遂食言。弓巴闻之怨恨不已，乃再次举兵反叛，这时又有一个将军阎长出来，只身前往弓巴军营，将其斩首，于是天下太平……

要是觉得这种杀来杀去的故事太血腥，那也有温馨一点的："景文大王"的喜剧故事。景文大王年轻时就是才俊之士，受到老国王赏识，决定召他做驸马，他父母闻之喜出望外，就聚集家人商议：国王有两个女儿，大公主相貌"寒寝"，二公主则极为美貌，于是议定要他选二公主。这时有一个"范教师"悄悄对他说：一定要选大公主，必有好处，切记！第二天老国王让他选公主，他就选了大公主。谁知成婚后不久，老国王突然病危，立马就龙驭上宾了，因为没有子嗣，遗命让大女婿继位，于是他就当上国王啦。

在"避隐"中有一个类似中国"介子推"的故事：孝成王在"潜邸"时，有一天和贤士信忠在柏树下弈棋，他指着柏树向信忠许诺说将来一定不忘记他，信忠起身拜谢。几个月后孝成王即位，封赏功臣，但却没有信忠的份，信忠写了抱怨的歌帖在那棵柏树上，柏树就枯黄了。孝成王看见了树上的歌，自责道：我怎么将他忘了呢？赶紧封了信忠的爵位，那棵柏树竟又回黄转绿了。

好了好了，"篇幅所限"，不能再举例了(书中好玩的故事确实还有许许多多)。

如此富于八卦情怀之《三国遗事》出于谁手？出于高

丽僧人一然(1206～1289)，俗名金见明，字晦然。他9岁出家，晚年被推为“国尊”，大受高丽王朝忠烈王的赏识。作为一代名僧，著述颇丰，《三国遗事》是他圆寂前四年(1285年)完成的，当时他的头衔是“国尊曹溪宗迦智山下麟角寺住持圆镜冲照大禅师”。

现在我们也可以“解题”了：这个一然，就是当年朝鲜半岛之当年明月也(至少就他写前朝史事并极富八卦情怀这两点来说，比当年明月是有过之而无不及)。也许有人会认为他远不如今天中国的当年明月幸运——估计他一分钱版税也没拿到过，但他以知识和著述换来了朝廷的尊奉和供养，其实收获比中国的当年明月要大得多。

《三国遗事》，崔南善编，［韩］瑞文文化社，1993年。

近四千年前的《汉穆拉比法典》

20世纪90年代初，东北师范大学古典文明史研究所编了一套《古史新译》丛书，我只收集到《格尔蒂法典》和《汉穆拉比法典》两种(至少应该出版过三种，后来似乎无疾而终了)。这两种都是原文和中译文对照，前者根据希腊文译出，后者根据阿卡德文译出。《汉穆拉比法典》中的文阿卡德文原文当然是经过拉丁转写的(否则估计在出版社还找不到配套的铅字)。

我不研究法律史，收集《汉穆拉比法典》，一个原因还是好古成癖的老毛病——巴比伦的历史文献和文物，对于所有好古成癖的人来说，估计都有着巨大吸引力，况且这是将近四千年前的法典，是流传至今最完整最系统的巴比伦法律文献，现在有人费心费力翻译成了中文，既那么

《汉穆拉比法典》

古老又如此廉价（只售人民币2元7角5分），收一册看着玩玩也挺好；另一个原因则是法典中提到许多神的名字，和古代巴比伦星占学有着相当的关系。

巴比伦故地在今伊拉克，古称美索不达米亚，意为“河间之地”，指西亚幼发拉底河与底格里斯河两河流域地区。这一地区的文明，真可以用《红楼梦》中“你方唱罢我登场，反认他乡是故乡”来形容：最初是约公元前4000年的苏美尔人（Sumerians），接着是阿卡德人（Akkadians）、亚述人（Assyrians）、迦勒底人（Chaldeans），先后在这一地区建立统治，朝代迭兴，名王辈出。

从公元前2900年开始，北方的阿卡德人征服了苏美尔各城邦，名王萨尔贡一世（Sargon I）统一两河流域，建立阿卡德王朝。阿卡德王朝继承了苏美尔人的楔形文字和泥版文书，用苏美尔文写记阿卡德语，留下了大量历史文献。阿卡德王朝灭亡，两河流域再次陷入混乱，苏美尔人短暂的复兴建立了乌尔第三王朝，乌尔城（Ur）成为帝国首都。在此之后，“巴比伦”的名字才正式登场。

在阿卡德语中，“巴比伦”意为“神之门”，原为一个城邦，后来成为“巴比伦王朝”的王都，在今伊拉克首都巴格达以南约 90 公里处。巴比伦王朝最著名的王就是第六王汉穆拉比（Hammurabi，公元前 1792～1750 在位），他于公元前 1758 年统一两河流域。但真正使他名垂千古的是他颁布的《汉穆拉比法典》。这部法典刻在一座两米多高的石碑上，20 世纪初法国考古队发掘出了这座石碑，现保存在卢浮宫博物馆。石碑上的法典文本虽有残缺，但由于法典在当时还有许多泥版文书的抄本，这些泥版有的也已被发掘出来，学者们将石碑和泥版相互参照，法典内容大部分得以保存下来。

《汉穆拉比法典》由引言、法律条款、祈愿与诅咒——当然这都是现代的措词——三大部分组成。引言是极度浮夸的自我美化和讴歌（引文依据杨炽的译文，但做了少量文字上的修饰，下同）：

当至高的安努、众神之王，和恩利尔、天地之主、国土命运的主宰，将全人类的统治权授予埃阿神之长子马杜克，使他显赫于众神；呼唤巴比伦崇高的城名，使他出众于万方，并为马杜克在此城中奠定地久天长之王权。彼时，我，汉穆拉比，虔诚敬神的君王，为使国中正义出现，邪恶消亡，强不凌弱，我像太阳一样升起于万民之上，给国家带来光明，安努与恩利尔为了民众的福祉，呼唤了我的名字。我是汉穆拉比……当马杜克命令我治理人民，使国家走上正轨之时，我使全国都讲公道和正义，我改善了人民生活。

在上面的省略号中，"此处省略"至少98种称呼，这些称呼都是汉穆拉比对自己的美化。有极度自我膨胀者，如"王中的神""众王中无敌的英杰""强大的、勤奋的、获得了全部知识的人"等；有极度自恋者，如"其所作所为伊什塔尔喜欢""伊什塔尔钟爱的是我"等。伊什塔尔(Ishtar)是司爱情和战争的女神，略近于埃及之Isis、希腊之阿芙罗狄特、罗马之维纳斯诸女神。

法典的核心，当然是那282款法律条文。《汉穆拉比法典》不区分公法、私法（民法）和刑法，各类条款混合在一起。作为一个外行，首先吸引我注意的是那些与现代法治观念有明显不同的条款，比如：

控告另一个人杀人罪而不能证实，控告者处死。（1——《汉穆拉比法典》中的条款编号，下同）

控告另一个人巫术罪而不能证实，将被告投入河中，如果淹死，原告获得被告的家产；如果无恙，被告获得原告的家产。（2）

如出庭作伪证而不能证实他的话，如果该案是人命案，作伪证者处死。（3）

偷窃神或宫廷的财产，处死，接受赃物者也处死。（6）

“如果一个人从他人的孩子、或他人的奴隶那里，买了或接受保管了金银，或男女奴隶，或牛、羊、驴，或不论什么东西，既无证人又无契约，那么那人是个贼，他将被处死。”（7）

偷窃他人的孩子，处死。（14）

抢劫被抓获，处死。（22）

《汉穆拉比法典》中关于保护私有财产的条款多达120

款，有些条款极为琐碎细致。总的精神似乎是希望以强力手段尽量消弭争端，也不鼓励诉讼(如上引第 1~3 款)。这些条款还反映出奴隶的地位低下，既等同于金银牲畜等财物，也不被视为有独立决定财物归属权利的人(如上引第 7 款)。

涉及婚姻的条款不到 70 条，绝对男性中心主义，例如：

> 妻子和另一男子睡觉被捉，可将妻子及该男子捆起来投入河中(淹死)。但丈夫可以赦免妻子，那样的话该男子也获赦免。(129)
>
> 强奸已订婚之处女，处死，女方无罪。(130)
>
> 丈夫指控妻子“同另一男人睡觉”但无实据，妻子应“对神发誓”，然后释放回家。(131)
>
> 上一款情况下，如果丈夫要求，仍可将妻子投入河中淹死。(132)
>
> 丈夫被俘期间，妻子生活无着，可以改嫁。(134)
>
> 妻子如欲离家出走但丈夫不愿离婚，则丈夫可另娶妻，原妻在家中降为女仆。(141)
>
> 妻子有外遇，并挥霍家产，投入河中淹死。(143)
>
> 父女乱伦，父亲“逐出乡邑”。(154)

父亲死后母子乱伦，两人都应判处烧死。（157）

订婚并交了聘金后男方反悔，女家可没收一切聘礼聘金。（159）

订婚并交了聘金后女方反悔，女家应加倍退还聘礼聘金。（160）

在陈述完282款法律条文之后，法典最后的祈愿与诅咒部分，极度浮夸的风格一如引言。汉穆拉比再次大大自夸自赞一番，接着表示希望他的法典能够千秋万代沿用下去：

我将我的金口玉言勒石于此，铭刻在公正的王——我——的雕像前。我是王中最崇高的，我的话是仔细选择过的，我能力无比……官司中受了冤枉的人，让他来到我的雕像前，让他读我的碑文……让他说：汉穆拉比是人民慈父般的君主……

未来无论何时的国中之王，愿他保护我写在石碑上的公正的话，愿他不改动我判的案和我的国策，愿他不抛弃我的建树。

祈愿是正面的引导，谁要是不按照汉穆拉比的意愿行事，汉穆拉比给他的就是疯狂的诅咒和恐吓，这些诅咒也有几十款，例如：“发起他无法平息的叛乱”、“在战场上折断他的武器”、“让他的敌人踏在他身上”、“打碎他的四肢”、让他“眼睛失明”、“让他绝后”等等。

所有这些自我赞美和诅咒恐吓，都反映出一种原始的、甚至有点孩童般的热切和暴力，在今天读来别有一番风味。

《汉穆拉比法典》，杨炽译，高等教育出版社，1992年7月第1版，定价：2.75元。

1645年的《西洋新法历书》

20世纪80年代，我在北京念中国科学院的研究生，因为做论文的需要，曾在故宫博物院图书馆查阅1645年刊行的《西洋新法历书》。因此书属于“珍本图书”，不得出借，不得拍照，不得复印，只能带笔记本(那会儿可没有笔记本电脑)去到阅览室摘抄。摘抄时还有一条严厉纪律——不得使用钢笔、圆珠笔、蘸水笔……唯一允许使用的是铅笔。据说这是为了防止墨水之类的液体污损图书。

去故宫博物院图书馆的第一天，我出示了证件和中国科学院自然科学史研究所开具的介绍信，得到了查阅《西洋新法历书》的允许。工作人员为我安排了一个位子，此后半个月，我几乎每天都和他们共同上下班——要依着我

“夜猫子”的作派，当然最好是夜深人静时披阅，但图书馆工作人员下班时我当然必须离开，所以只好跟着他们朝九晚五。

这部《西洋新法历书》有数十册，开本很大，蓝色布面线装。当时给我印象最深刻的是它的纸张——虽已过了三百多年，它的纸张依旧洁白而硬朗，翻阅的时候呱呱作响，感觉非常结实，几乎让人难以相信这是古籍。

十六世纪末，耶稣会传教士开始进入中国，1582年利玛窦(Matteo Ricci，1552～1610)到达中国澳门，经过多年活动和许多挫折以及与中国各界人士的广泛接触之后，利氏找到了当时在中国顺利展开传教活动的有效方式——即所谓“学术传教”。1601年他获准进北京朝见万历帝，并被允许居留京师，这标志着耶稣会士正式被中国上层社会所接纳，也标志着“学术传教”方针开始见效。

利玛窦入居京师之时，适逢明代官方历法《大统历》误差积累日益严重，预报天象屡次失误，改历之议已持续多年。利玛窦了解这一情况之后，很快作出了参与改历工作的尝试，他在向万历帝“贡献方物”的表文中特别提出，他可以帮助中国修订历法，不过他这番自荐未被理会。

1629年，钦天监官员用传统方法推算日食又一次失误，崇祯帝下令设立“历局”，由徐光启领导，修撰新历。徐光启先后召请耶稣会士龙华民（Niccolo Longobardo, 1565～1655）、邓玉函（Johann Terrenz Schreck, 1576～1630）、汤若望（Johann Adam Schall von Bell, 1592～1666）和罗雅谷（Jacobus Rho, 1592～1638）四人参与历局工作，于1629～1634年间编撰成著名的《崇祯历书》，它被誉为“欧洲古典天文学百科全书”，成为此后中国王朝官方天学的理论基础，此后中国学者学习天文的主流教材皆源出于此。实际上绝大部分工作出于汤、罗二人之手。

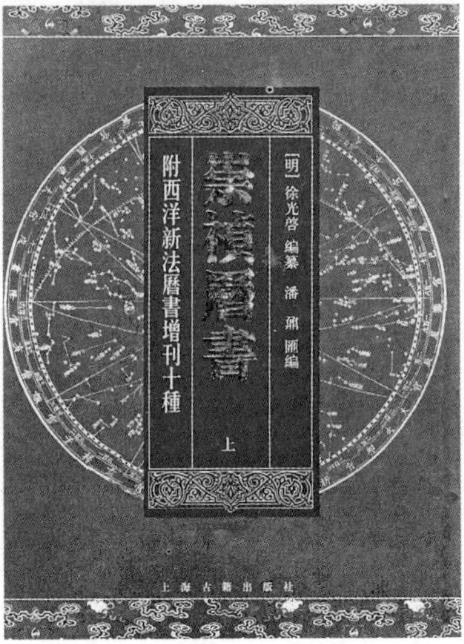

《崇祯历书》

《崇祯历书》全书共46种，137卷，分“节次六目”和“基本五目”。“节次六目”分别为日躔、恒星、月离、日月交合、五纬星和五星凌犯，“基本五目”分别为法原（天文学基础理论）、法数（天文用表）、法算（天文计算必备的数学知识）、法器（天文仪器及其使用方法）和会通（中西度量单位换算表）。其中经徐光启定稿的有105卷，其余32卷因徐去世，最后审定人为李天经（徐光启去世后由他接掌历局）。

在《崇祯历书》编撰期间，徐光启、李天经等人就与保守派人士如冷守忠、魏文魁等反复争论。前者坚信欧洲数理天文学方法的优越性，后者则力言西法之非而坚持主张中国传统方法。《崇祯历书》修成之后，理应颁行天下，但因保守派激烈反对，不断争论十年之久，最后崇祯帝终于“深知西法之密”，下令颁行天下，但此时明朝末日来临，诏令也无法实施了。1644年3月，李自成军进入北京，崇祯帝自缢。李自成旋为吴三桂与清联军击败，5月1日清军进入北京，明朝中央政权崩溃。

此时北京城中的耶稣会士汤若望面临重大抉择：为了在此政权变局中保持乃至发展在华传教事业，与一些继续同南明政权合作的耶稣会士不同，汤若望很快选定清政权为合作对象。修成十年后仍不得颁行的《崇祯历书》，此时却成了上帝恩赐的礼物——成为汤若望献给迫切需要一部新历法来表征天命转移、“乾坤再造”的清政权的一份进见厚礼。汤若望将《崇祯历书》作了删改、补充和修订，献给清政府，得到采纳，并由顺治亲笔题名《西洋新法历书》，当即颁行于世。

以前曾有人认为，汤若望将《崇祯历书》改编为《西洋新法历书》，是“贪他人之功据为己有”，这个说法是过分的。因为汤若望本来就是《崇祯历书》最主要的两个编撰者之一，而且他后来的改编又使此书成为新王朝钦定的官方文本，功不可没。

徐宗泽曾披览《西洋新法历书》版本多种，据他记述，多数部分的署名为徐光启、汤若望与罗雅谷(不计后面的辅助人员名单)，例如封面内页题“明礼部尚书兼翰林院学士协理詹事府事加俸一级徐光启督修，修政历法极西耶稣会士汤若望撰，罗雅谷订”。而王重民著录他亲自所见的美国国会图书馆所藏的《西洋新法历书》善本(九十卷本)，各部分前皆有作者署名，称“著”“撰”“述”“订”“删定”等。

据此，可对《西洋新法历书》二十八种著作之作者署名情况统计如次：归于汤若望一人名下者七种，汤“撰”而他人“订”者六种，他人“撰”而汤“订”者十种，汤与他人同撰者一种，与汤若望无涉者仅四种。

我当年做论文时，曾依据两个较为完善且有代表性的版本进行考察：一为我亲阅的北京故宫博物院藏本（简称故宫本），此为顺治二年（1645）刊本；一为前述王重民著录之美国国会图书馆藏本（简称国会本），系康熙年间刊印之本。

从纲目上看，汤若望对《崇祯历书》四十四种作了重大删并。故宫本《西洋新法历书》仅二十八种，国会本仅二十七种，且其中分别有十一种及十种为汤若望所新增者。删并主要是针对各种表进行的，对于理论基础部分，即五种《历指》（日躔、月离、恒星、交食、五纬），汤若望几乎只字未改。

这些新增著作，大都篇幅较小。其中以汤若望自撰者较多，自客观效果言之，汤若望的改编确实使《西洋新法历书》较《崇祯历书》显得紧凑完备。同时也无可讳言，增入十种由汤若望所撰之小篇幅著作，能够产生一个效果，使得在读者印象中，汤若望在此巨著中的分量大为加重。特别是当外行权贵仅仅翻阅一下全书目录时，这种效果更为明显。

《崇祯历书》在明末编成后并未汇总刊行，入清后曾多次挖版或重刻，版次较乱，卷数不一，全球几乎没有一个图书馆藏有完整的《崇祯历书》。故宫博物院图书馆也藏有《崇祯历书》残卷，当年我也曾要求借阅，但他们只给我看了放在纸盒中的照片。工作人员对我说：这书不能让你碰了——书页已经朽烂，一碰就碎，我们自己也不敢再碰它了。想想这残卷至多也就是比我查阅的《西洋新法历书》早十年而已，竟已朽烂如斯，印书用纸好坏，竟能有如此大的差别。

最近潘鼐先生经十余年努力，遍求海内外藏书机构，终将存世的《崇祯历书》搜罗齐全，拼成完璧，由上海古籍出版社出版，并附《西洋新法历书》增刊十种。对于天文学史和科学史来说，实为大大功德。

《西洋新法历书》，汤若望等著，1645 年刊本，故宫博物院图书馆藏。

《崇祯历书》（附西洋新法历书增刊十种），徐光启主编，上海古籍出版社，2009 年 12 月第 1 版，定价：400 元。

世纪末的《西方正典》

丰富浩瀚，咄咄逼人，博学多识，有如醍醐灌顶。

本书实乃一座里程碑，可以预期的是，它将一直挺立下去。

大胆飚烈有余，温润和悦亦足。

热情奔放，破坏力强，……攻势凌厉，绝不手软，贡献卓著……

在阅读文化几近消失之际，这本书将会是读书人的珍宝。

希望读者、教师、学者能竖耳聆听，然后抛开遍布于畅销书名单和课堂上那些闪闪发光、华而不实的东西。

……

上面这些话，当然是对一本书的评论。

但是，在如今这样浮躁浅薄的年头，还会有一本书真当得起这样的赞誉吗？还会有一个人真写得出这样的书吗？莫非是厚颜无耻的溢美之辞？

这本书名是《西方正典》（*The Western Canon*）。作者是曾任哈佛大学讲座教授、现任耶鲁大学及纽约大学讲座教授的哈罗德·卜伦（Harold Bloom），他是美国著名文学教授、批评家、美国学术院院士。

所谓“正典”，本有“宗教法规”、“传世之作”、“经典”等义。卜伦选择西方历史上26位伟大的——他认定为伟大的——作家的作品，谓之“西方正典”，进行评论、串讲、赏析，构成一本六百多页的力作，自1994年出版之后，好评如潮，几乎被捧上了天。

《西方正典》

卜伦的有关学说，其实在十多年前

就已经被介绍到中国大陆了，就是他那本著名的《影响的焦虑》（*The Anxiety of Influence*）。他在那本书中阐释一种诗学理论，其大意为：当代诗人就像一个具有俄狄浦斯恋母情结的儿子，面对着“诗的传统”这一父亲形象，两者截然对立，在强大的传统面前，当代诗人被压抑、被毁灭，他们只能用各种有意识或无意识的对前人的“误读”——即卜伦所说的六种“修正比”——来贬低前人，否定传统，从而树立自己的形象。不过他强调，他所说的这种对立和斗争规律不适用于莎士比亚及其以前的诗歌。

莎士比亚为什么如此特殊，卜伦在《西方正典》中给出了更明确的阐释——莎士比亚在本书中成了其余一切正典的标尺：“莎士比亚是一个独特的案例，在他面前，先人前辈们无不矮了一截”，而莎士比亚的后人们则无一不在莎士比亚的巨大影响之下。在卜伦的理论中，莎士比亚成了整个西方文学的核心，“他已经变成他之前和之后所有作家的试金石”。事实上，在卜伦所选定的26个大师中，莎士比亚之前的只有两人：乔叟和蒙田，他们两人的地位是根据他们对莎士比亚的影响而确立的。

在莎士比亚的巨大影响之下，后人们怎样才能确立自己的地位呢？或者说，他们怎样才能使自己的作品也得以进入“正典”之列呢？答案是某种“疏异性”

(strangeness)——与《影响的焦虑》中的“修正比”有类似之处。疏异性是文学作品赢得正典地位的原创性指标之一，但究竟是什么东西，卜伦的表述却玄之又玄：“此疏异性若非令我们完全无从吸收融合，就是化为浑然天成之貌(a given)，使我们感觉不到其特异之处。”如果说得简单化一点，“疏异性”或许可以理解为对莎士比亚的疏远和变异——因为莎士比亚是衡量他们每个人的标尺，而他们都是处在莎士比亚的巨大阴影之下的，不竭力抗争，不强行疏远和变异，就将无以自立。所以“正典本身，就是一个持续进行的竞争”。

对于受过自然科学训练的人来说，卜伦在《西方正典》中热情奔放的论述，固然可以引起不小的阅读快感，但是往往很难令人信服。因为到处都是通过感觉、联想、类比而来的论断(assertion)，而不是有逻辑力量的论证。比如他选定的26位文学大师中竟有弗洛伊德(主要着眼于他的文论)，因为“我喜欢的是对弗洛伊德的莎士比亚式解读，而不是对莎士比亚的弗洛伊德式解读”。又如：“西方正典唯一的贡献，是它适切地运用了个人自我的孤独，这份孤独终归是一个人与自身有限宿命的相遇。”这类读之朗朗上口，思之不知所云的话头，在书中到处可见。也许这就是人文学者的风格，我们也拿他没办法。卜伦自称

“不想告诉读者该读什么、怎样读，只想谈论自己已经读过、而且认为值得再读的书”——他不是要和你讲道理，而是在向你谈感觉。

卜伦选定的26位大师是：

莎士比亚、但丁、乔叟、塞万提斯、蒙田、莫里哀、弥尔顿、约翰生、歌德、华兹华斯、奥斯汀、惠特曼、狄金生、狄更斯、艾略特、托尔斯泰、易卜生、弗洛伊德、普鲁斯特、乔伊斯、武尔夫、卡夫卡、波赫士(阿根廷)、聂鲁达(智利)、裴索(葡萄牙)、贝克特(爱尔兰)。

《西方正典》，[美]哈洛·卜伦著，高志仁译，立绪文化事业有限公司(中国台湾)，1998年第1版，定价：320元(台币)。

读史者当有其图：关于《泰晤士世界历史地图集》

几十年来，我读历史时总喜欢在手边放着两种工具书，一是历史年表，二是历史地图集。逢重要的事件、战役、重要人物的出生或去世、重要书籍的完成或出版，年表可以用来确立时间轴上的点，历史地图集可以帮助确立空间中的位置。如此读史，非但容易记忆，而且趣味盎然。

1985 年我还在北京念研究生时，三联书店出版了《泰晤士世界历史地图集》（*The Times Atlas of World History*），尽管我知道这绝对是好书，但当时 75 元人民币的定价吓得我不敢问津——我那时的研究生津贴每月只有 46 元，买一本 75 元的书就意味着要有两个月没法过日子，所以只好望书兴叹。作为替代物，我买了一本《钱伯斯世界历史地图》（*Chambers Atlas of World History*），也是三联书店出的，性质与功能都和《泰晤士世界历史地图集》相仿，当然规模小得多，没有后者那样辉煌壮观，也没有大事年表和文字论述，只有地图和索引。但只要 1 元 6 角 5 分，正适合穷学生购买使用。这本书此后陪伴我读了十年历史，对我的帮助确实不小。后来虽用不着了，但每次搬家都要珍重相随，至今犹在书架上，纸张已泛黄朽脆矣。

《泰晤士世界历史地图集》

十年后，书店将 1985 年印刷的《泰晤士世界历史地图集》贴上“定价 240 元”的小条子出售，我没有犹豫就买了一册。此时 240 元毕竟只是我一个月工资的几分之一了，真此一时彼一时也。

这部《泰晤士世界历史地图集》由

英国的 Geoffrey Barraclough 主编，伦敦泰晤士图书公司 1978 年初版。参加执笔者共 72 人，几乎全是牛津、剑桥、伦敦大学或大英博物馆等著名学术机构中的学者。中译本由三联书店出版，邓蜀生编辑。8 开精装，全书除索引部分外皆为彩版，由泰晤士图书公司提供全套胶片，上海中华印刷厂印刷装订，印刷质量之高，在 20 世纪 80 年代的大陆出版物中，绝对遥居一流。

全书主要包括如下几大部分：

世界历史大事年表、世界历史地图、专名汇编、索引。

“世界历史大事年表”始于公元前 9000 年。每页横向分列 5 栏，依次为：亚洲、欧洲、近东和北非、其他地区、文化和技术；纵向按年代排列。各栏中有对应的大事则标明准确年代加以记录，无则空白。

“世界历史地图”是全书的主体，分为 7 篇：

1. 早期人类的世界，2. 最初的文明，3. 欧亚的古典文明，4. 划分为地区的世界，5. 新兴的西方世界，6. 欧洲统治时期，7. 全球文明时代。

每篇之下又分细目，比如第 3 篇下的细目依次是：

欧亚商业和文化的联系、欧亚的宗教联系（至公元 500 年）、希腊文明的传播、希腊化世界（公元前 336 年～前 30

年)、波斯诸帝国(公元前550年～公元637年)、中国的统一(公元前350年～公元220年)、印度：最初的帝国、北欧诸民族、罗马势力在意大利和地中海地区的扩张(至公元前31年)、罗马帝国：从奥古斯都到查士丁尼(公元前31年～公元565年)、罗马世界的经济(公元200年左右)、基督教的兴起(至公元600年)、古典世界的危机。

这些细目的设置视野宏阔，具体编排和印刷也别具匠心——每一细目总是刚好为对面的两页。篇幅上基本是图文对半。文字是简明扼要的宏观叙述(较少涉及各国国内的事件，而较多涉及“席卷各大洲的大规模运动”)，图则是本书的精华所在。绝大部分的图当然是地图，但也包括一些是在历史上有重大意义的工具、工艺品之类的图片。但这些精美的彩色地图不是一般意义上的地图，因为图中包括了如下各方面的丰富内容：

各民族的疆界和势力范围及其变迁，

重要军事远征、民族迁徙、探险和商业贸易的线路，

著名战役的发生地，

各主要宗教的分布范围，

重要的修道院或庙宇，

重要的城镇或要塞，

地理方面的信息，

经济方面的信息，

因此一图在手，读者见到的不再仅仅是各民族的政治变迁史，或是帝王将相的“相斫”史，而是一部全方位的历史，一部各文明、各民族之间互动的历史。

“专名汇编”实际上是一部世界历史小辞典。“索引”中包括了国名、地名等数千条，所有在本书中提到过的事件的发生地名全都列出。

欲学习历史、理解历史，其实离不开地图。文字在很多情况下无法提供地图所能提供的信息。因为历史事件的发生，包括了时间和空间两个方面。而多年来我们那种以死记硬背为能事的历史教学，通常只注意时间这一维。注意这一维当然是必要的，记住各王朝的建立和结束年代、重大历史事件的发生年代、重要历史人物的生卒年代等等，是治史的基本功夫。但是年代所反映的时间概念，实际上都是和空间概念密切结合在一起的。如要真正把握历史，就要设法将时间和空间统一起来。

对于用图来反映王朝疆域的沿革(以及历代行政区划的沿革)，古代中国人也已经注意到了。西晋裴秀曾作《禹贡地域图》，唐代贾耽曾绘《海内华夷图》，二图原本早已佚失，但历代继响不绝。发展到极致，就是已故谭其骧先生主编的《中国历史地图集》八大册，中国历代王朝疆域及行政区划沿革，无不一目了然。但是重大历史事件，比如亚历山大远征、十字军东进、匈奴西迁等等，是在怎样的空间范围和环境条件下展开的呢？要寻求这方面的时空统一，中国传统的地图往往就无能为力了，而像《泰晤士世界历史地图集》这样能够反映这方面时空统一的地图集，在西方却比较常见。

近年来国内打算重版《泰晤士世界历史地图集》中译本的出版人，时时有之，但至今未见实施。抚玩旧籍，感慨系之，特撰小文以纪其事。

《泰晤士世界历史地图集》，生活·读书·新知三联书店，1985年9月第一版。

写书使人长寿：《从黎明到衰落》

一个有志于学问的年轻人，三十来岁时就发愿要写一本西方文化史的著作，但被一位长者劝阻了，长者认为这样的任务是年轻人无法胜任的，他建议这位年轻人 80 岁之后再来做这件事。从科学史的角度来看，那位长者的建议（如果真有此事的话）未免有点不负责任了：因为那一幕发生在 20 世纪 30 年代的美国，那时人们的平均寿命——或者假装更专业一点，是“出生时的平均期望寿命”——有 80 岁吗？2009 年世界各国的平均寿命最高才 84 岁，这年美国的这一数值才 78 岁，七十多年前肯定更短得多。所以在统计学意义上，那位长者的建议几乎就等同于“你这辈子就别干这事儿啦”。

这位年轻人当时接受了长者的劝告，这不算奇怪；他后来活得大大超过了美国人的平均寿命，这也还不算奇怪；但在他 85 岁那年，他居然开始动笔写年轻时想写的那部书了！这就有点奇怪了；到他 93 岁那年，这部中译本有 90 余万字的著作居然完成，作者亲见了它的出版，这就更奇怪了；而当人们知道作者在本书出版后又老神仙般活了 11 年，在 104 岁的高寿才驾鹤西游，那就完全变成传奇了。

《从黎明到衰落》

写书的年轻人（或老神仙）是雅克 · 巴尔赞（Jacques Barzun），这部书是《从黎明到衰落——西方文化生活五百年，1500 年至今》（*500 Years of Western Cultural Life, 1500 to the Present*, 2000）。只是那位给了不负责任的劝告却意外催生传奇的长者，未知其名。

上面关于这部书及其作者的故事，对于此书的营销当然非常有利，但一部被视为深具大师风范的杰作，仅靠一个缘起故事，没有书中内容的精彩来支撑，显然是不可能的。这部文化史著作确实会给人留下诸如博学多才、厚积薄发、举重若轻等印象，让读者感受到一派大师风范。这当然只有长期积累，读书不倦，“淫于坟典”方能臻斯境界，现在那些整天在平板电脑和智能手机上看流言八卦黄黑段子的芸芸众生，几辈子也别想。

让我们找一个例子来看看。

巴尔赞此书分为四个“部分”，第一部分名为“从路德的《九十五条论纲》到玻意耳的‘无形学院’”，其中有一节“乌托邦主义者”。谈论乌托邦，巴尔赞当然首先谈到了那个时代的三部著名乌托邦著作：莫尔的《乌托邦》（*Utopia*，1516）、康帕内拉的《太阳城》（*Civitas Solis*，1623）和培根（F. Bacon）的《新大西岛》（*The New Atlantis*，1627），介绍了这三位作者的思想倾向和关注重点，以及这三部乌托邦作品中所设想的社会制度、文化风貌等等。这基本上属于“规定动作”，没有什么与众不同之处。但接下来巴尔赞谈到了拉伯雷的《巨人传》，谈到了蒙田的随笔集，甚至还谈到了伊拉斯谟和莎士比亚，这就显示出巴尔赞的渊博来了——因为后面这几个人通常不会出现在乌托邦的思想或作品谱系里，例如在赫茨勒的《乌托邦思想史》中就没有他们的位置。

巴尔赞将这四人纳入“乌托邦主义者”，并非穿凿附会。例如，他引用了蒙田随笔中《论食人族》的段落：“我想告诉柏拉图，……他所想象的共和国离这个完美的境界差得有多远！”——可惜他把下面一句话省略掉了。我吃饱了撑的，将手头蒙田随笔集的两种中译本找出来对比了一下，潘丽珍等人的译本中，这句被巴尔赞省略掉的话译作：“这才是‘上帝刚刚造出的人’啊！”马振骋的译本径作“诸神创造的新人”，似不如潘译明白晓畅，但胜在用括弧注出了这是古罗马作家塞涅卡的话。

让我们回到巴尔赞的《从黎明到衰落》上来。读这部书的过程中，巴尔赞的行文风格和论说口气，不时让我想起一部已获公认的经典——哈罗德·布鲁姆的《西方正典》（*The Western Canon*）。布鲁姆在书中对西方文学史上的26位经典作家的作品进行串讲和评论，我十几年前在书评中曾归纳布鲁姆此书行文风格为三个字：高、深、大——眼界高、思想深、口气大（这个说法在今天的流行俗语中恐怕就是“高大上”了吧）。巴尔赞此书采取了类似的风格和做法，是对一系列重要的文化人物、著作或事件进行串讲和评论，由于厚积薄发，高、深、大这三个字也可以当之无愧。

平心而论，巴尔赞这部大获好评、看来会跻身经典的著作，也有软肋。例如，本书副标题中的“1500年至今”

就不太名副其实。事实上，直到本书最后一部分（第四部分）即将结束之处，他还在论述第一次世界大战前后的时代——那是他本人的少年时代。从全书可以明显看出，在他论述的这西方文化500年中，他对前面的年代下的功夫更深，而对于最后的50年，他的积累就不足了——也可能是他的写作精力不足了。

当然，在全书结尾处，巴尔赞也“顾全大局”地讨论了一番互联网在20世纪90年代所带来的新局面。例如他认为：“互联网把错误的想法和信息与其他数据一样不加区别地传播，而最好的知识仍然是通过图书馆的书籍传播的。”他的这个信念一定会在今天被一些技术崇拜者嗤之以鼻。而巴尔赞在正文旁不时穿插一些原著片段或相关的名人评论，以增加读者阅读过程中的趣味，并顺便显示自己的博学，这明显是模仿了网页上的超链接。

有些书即使流行一时，但你不读它不会有遗憾；《从黎明到衰落》这样的一些书虽然小众而且“无用”，但你读了它不会有遗憾。

《从黎明到衰落——西方文化生活五百年，1500年至今》，［美］雅克·巴尔赞著，林华译，中信出版社，2013年11月第1版，定价：98元（全两册）。

埃及宗教学者笔下的哈里发

近日中东地区政治军事形势风云变幻，一个已经淡出公众视野近百年的词汇——“哈里发”，一夜之间突然重回世界各大媒体标题。各方反应，大相径庭。忽然想起寒斋中藏有一册《正统哈里发传》，遂在一个阴晴不定的下午，窗外时而电闪雷鸣，时而斜阳灿烂，取出读之，不觉忘倦，隐隐有时空错乱之感。

《正统哈里发传》的作者穆罕默德·胡泽里（1868～1924），是埃及近代著名宗教学者，曾在苏丹首都喀土穆任宗教法官，后长期在开罗任教，著述甚丰。《正统哈里发传》并不仅仅是四位“正统哈里发”的传记，还包括有关“哈里发”制度的各种史料和论述。

所谓“哈里发”，原是阿拉伯语的音译，英语中的拉丁转写是 Caliph，原意为“代理人”或“继承人”。《古兰经》中有“我必定在大地上设置一个代理人”之语，先知穆罕默德即被视为安拉在大地上的代理人。公元 632 年穆罕默德去世后，“哈里发”被用来指称“先知穆罕默德的继承者”。

《正统哈里发传》

最初的四位哈里发都是穆罕默德生前的追随者，他们都是由推举产生的，依次是：阿布·伯克尔、欧麦尔·本·赫塔卜、奥斯曼·本·阿凡、阿里·本·阿比·塔利卜。通常他们被称为“正统哈里发”或“四大哈里发”。四任“正统哈里发”在位总共才 30 年，第一任仅在位两年零三个月，而后三任全都是被杀的，足见那个时期斗争激烈，形势险恶。

公元 661 年阿里被杀，“正统哈里发”时代结束。阿里之子哈桑放弃哈里发职位的争夺，第三任哈里发奥斯曼所属的倭马亚家族建立倭马亚王朝，此后哈里发转为世袭，通常可以理解为“阿拉伯帝国皇帝”和“伊斯兰最高律法执行官”的合体。

倭马亚王朝还有一个常见译名是“伍麦叶王朝”，在中国史书中则被称为“白衣大食”，持续到公元750年，凡历14任哈里发。不过这个王朝在西班牙还有长长的余波，公元750年阿拉伯帝国改朝换代时，有一个倭马亚王室的后裔侥幸逃脱，他在西班牙得到倭马亚王朝旧臣的拥戴，建立起后倭马亚王朝。这个王朝持续近三个世纪（公元756～1031年），前8任统治者尚称“埃米尔”（哈里发治下的总督），后11任自立为哈里发。

继倭马亚王朝而起的是阿拔斯王朝，持续五个世纪（公元750～1258年），在中国史书中称为“黑衣大食”，凡历37任哈里发。阿拔斯王朝亡于蒙古人之手，但阿拔斯家族却在埃及马穆鲁克王朝的庇护下于开罗复活了哈里发体系，又传了18任哈里发。不过在开罗的哈里发基本上只发挥宗教礼仪功能，没有什么世俗权力了。

公元1517年，马穆鲁克王朝亡于奥斯曼土耳其帝国，开罗的末代哈里发将“哈里发”头衔出让给土耳其苏丹及其后裔。故从理论上说，此后历任土耳其苏丹皆为哈里发，土耳其帝国成为伊斯兰世界至少名义上的领袖。直至

1924 年，哈里发才最终被土耳其共和国废黜。有趣的是，这一年恰恰也是《正统哈里发传》的作者胡泽里去世之年。

在《正统哈里发传》中，胡泽里当然详细记载了四位哈里发的种种勋业——主要是连绵不断的大大小小的战役，这在帝国草创时期是不可避免的。但他也记载了不少与哈里发制度有关的内容，有些不仅相当有趣，而且在今天看来也不无现实意义。

例如，他谈到首任哈里发伯克尔，先前曾是商人，但在被推举为哈里发之后，他就停止了经商，因为他认为“领导人民的人不适合经商”。最初他每天从国库领取一天的伙食，用以供养家人，后来民众为他制定了固定的年薪——6 000 迪尔汗。

胡泽里在《正统哈里发》中花了相当大的篇幅讨论哈里发的选举原则。在“正统哈里发”时代，这些原则还是有实际意义的。四位“正统哈里发”的推举过程和程序不尽相同，胡泽里归纳了三种方式：一、全体协商产生；二、由前任哈里发选出的选举小组推选产生；三、由当时掌握政权的人推选。这三种方式基本涵盖了四位“正统哈里发”的推举情形，胡泽里认为这些方式都是合法的。

在这个问题上，胡泽里多次强调了“宣誓效忠”这一仪式的重要性。哈里发一经选出，民众就应该向他宣誓效忠。而敌对者若归顺，也必须向哈里发宣誓效忠才会得到认可。

但是，当倭马亚王朝建立，哈里发成为世袭时，上面这些原则不就形同废纸了吗？然而胡泽里又给出了“学者们认可”的“第四种选举方法”——其实这种方法根本不是选举，它居然是：“占绝对优势的人自立（为）哈里发”！胡泽里解释说：“这种情况一般发生在穆斯林没有领袖，他们为此纷争不息，内部混乱的时期。这时，自认为有知识有能力治理国家，并能得到宗族支持的人，以和平或武力方式让人们服从他，当局势稳定，他的号召被响应时，他就被认为是哈里发，服从他是每个穆斯林的义务。”

显而易见，倭马亚王朝、阿拔斯王朝、后倭马亚王朝，乃至奥斯曼土耳其的历代哈里发们，都可以从上述“第四种选举方法”中为自己找到合法性的依据。2014 年 6 月 29 日，阿布·贝克尔·巴格达迪（易卜拉欣）在伊拉克—叙利亚边境自立为哈里发，并号召伊斯兰世界向他效忠，其行事也与上述“第四种选举方法”如出一辙。

《正统哈里发传》，［埃及］穆罕默德·胡泽里著，孔德军等译，宗教文化出版社，2008 年 11 月第 1 版，定价：25 元。

汪精卫伪政权揭秘：《汪政权的开场与收场》

原中国国民党副总裁、“国防最高会议主席”、“国民参政会议长”、孙中山的遗嘱执笔人汪精卫，在抗日战争期间建立的伪政权，前后仅持续了五年多，正式存在的日期是1940年3月30日～1945年8月10日。在此期间，这个伪政权控制过以今沪杭宁（长三角）地区为中心的一片国土（当然是在日本侵略军的主导之下）。和中国历史上先后出现过的伪政权一样，汪精卫伪政权也有控制领土很小、持续时间很短这两个特征，足见在中国土地上，汉奸政权是很难成气候的。

日本投降之后，汪精卫伪政权的“党国要人”们死的死，逃的逃，受审的受审，服刑的服刑。这个昙花一现的汉奸政权从此被钉在历史的耻辱柱上。当然它也留下了大量的历史档案和文献，成为此后历史学家们研究和考证的对象。

有金雄白（1904～1985）其人，曾当过报人和律师，在汪精卫伪政权中的地位比“党国要人”低一点，他是汪精卫伪国民党的“中央委员”，官阶为“特任”，一直是伪政权台柱周佛海领导的机要部门的官员。抗战结束后，他以“汉奸罪”被判处有期徒刑 10 年，籍没家产。但又因有“协助抗战，有利人民”的行为——其实这在汪精卫伪政权官员中并不少见，因为许多人都想悄悄给自己留一条后路，只服刑两年半即被释放。出狱后金雄白定居香港（据说后来在日本去世），在 1957～1971 年的十五年中，以“朱子家”的笔名，陆续在《春秋》杂志上撰写个人回忆录，积为六卷，取名为《汪政权的开场与

《汪政权的开场与收场》

收场》（初名《汪政权始末记》），遂成为关于汪精卫伪政权的一份特殊视角的历史写照。

说它是“特殊视角”，倒不是金雄白想要为汪精卫伪政权翻案或唱挽歌，而是他试图为自己卷入的这场汉奸“运动”提供某些辩解。这种辩解主要表现在两个方面：一是政治历史的，二是个人情感的。

在政治历史方面，金雄白通过看似“中立客观”的史事叙述，试图让读者逐渐获得这样一个印象——从抗战、和谈、让步、妥协、卖国直到走上汉奸的道路，是一连串类似于物理学上“连续谱”的概念。金雄白告诉读者：“和谈”在很长时间内一直是“中枢”——国民党最高当局——对日政策的选项之一。特别是德国驻华大使陶德曼（O. P. Trautmann）代表纳粹德国政府居间“调停”，并转达了日本政府提出的看上去似乎并不很苛刻的和谈条件之后，“和平有望”的糊涂想法在许多人士心中升腾起来。例如，1937 年 12 月 6 日在汉口召开的“国防最高会议第五十四次常务委员会议”上，正式作出了“有条件的接受日本停战条件”的决议。当时日本提出的停战条件共七条，前六条会议都同意了，只有第七条“承认满洲国”会议不愿接受，准备和日本讨价还价。微妙的是，蒋介石以在郑州部署军事为由缺席了此次会议，而在会议派孔祥熙向蒋汇报决议后，蒋又迟迟不批示，致使日本提出的最后期限过期，于是陶德曼的“调停”最终宣告失败……

金雄白将这些陈年旧事娓娓道来，目的何在呢？一种可能的客观效果是，让读者不再将汪精卫后来建立伪政权之举看成是一次丧心病狂的叛变，而是符合“国防最高会议”决议精神的行动，因为汪精卫伪政权的建立，也可以看成是所谓“和谈”的某种结果。更有甚者，金雄白还在书中暗示，当时一些人相信，汪精卫后来建立伪政权的行动是和重庆方面有着某种“默契”的，即所谓“蒋任其易，汪任其难”（蒋公开举起抗战旗帜为易，汪以汉奸身份与日本周旋以求“保存元气”为难）。

在个人情感方面，金雄白主要通过两条路径。一条是表白自己本无心于政治，完全是因为碍于朋友情面，特别是他和周佛海的私谊，糊里糊涂被拖下水的，后来回头无路，欲罢不能，就只好在汉奸道路上越走越远了。另一条是表白汪精卫伪政权中的许多人曾经是“好人”，比如汪精卫本人，当年行刺摄政王被捕，以“慷慨歌燕市，从容作楚囚，引刀成一快，不负少年头”的豪迈诗句，成为许多人心目中的“革命偶像”；而汪精卫伪政权的台柱周佛海、陈公博二人，甚至还是中国共产党第一次全国代表大会的代表。

那么金雄白的上述两方面的辩解尝试，有没有成功呢？以我阅读后的感觉，我认为他基本没有成功。《汪政权的开场与收场》书中还是收集了不少历史资料和文献的（这个色香味居书局版又增加了不少历史资料照片和手稿扫描图片），阅读金雄白直接引用的某些历史文献，读者很容易作出正确的判断。例如，著名的“艳电”（1938 年 12 月 29 日），被公认是汪精卫叛变的标志性事件之一，书中附有全文，细读之，里面充满了对日本帝国主义当局的幼稚幻想。以汪精卫这样久居“党国”高位之人，应该对外交、军事和政治有足够的知识，却在“艳电”中表现得如此幼稚轻信，只能理解为他有意欺骗国人。

限于篇幅，最后只能谈一则八卦。自从李安的电影《色 · 戒》2007 年上映以来，谋刺汪精卫伪政权特工头目丁默村的军统女特工郑苹如，在当代中国公众中的知名度大为增加。这原是当年一桩著名的暗杀行动，大背景是重庆方面和汪精卫伪政权的特工战。金雄白在《汪政权的开场与收场》中为此事写了一小节“郑苹如谋刺丁默村颠末”，相信后来坊间流传的种种关于郑苹如的香艳故事中，金雄白至少提供了“原创”叙述之一（他和郑苹如曾是邻居)。

可笑的是，许多人提到金雄白此书，却置全书其余212小节于不顾，只关心这一小节。更荒谬的，例如2014年1月4日所见“百度百科”的“金雄白”条目，共15个自然段，居然有14个自然段是在讲郑苹如!

《汪政权的开场与收场》(全六卷)，金雄白著，色香味居书局(中国香港)，2010年1月第1版，定价：1 800元(港币)。

里芬斯塔尔：影史奇人或纳粹余孽

——《里芬斯塔尔回忆录》

电影史上有几部非常奇特的影片，地位很高，被奉为经典，却是政治上不正确，甚至是反动的。比如格里菲斯的《一个国家的诞生》（*The Birth of a Nation*，1915），里面公开赞扬 3K 党的暴行。这类影片中名头最大、艺术成就和政治内容反差最大的，肯定要数里芬斯塔尔的纪录片《意志的凯旋》（*Triumph of the Will*，德文：*Triumph des Willens*，1935），影片得了威尼斯影展的金奖，得了巴黎世界博览会的电影金奖，后一个奖项还是由当时的法国总理达拉第亲自颁授的。

这部影片的中文片名有时又作《意志的胜利》，实有混淆之虞，因为此前里芬斯塔尔已经为纽伦堡的纳粹党代会拍过一部纪录片，片名是《信仰的胜利》（*Sieg des Glaubens*，这个片名是希特勒亲自定的），该片知名度不大，它最大的影响，看来就是导致了希特勒坚持要里芬斯塔尔为下一年的纽伦堡纳粹党代会再拍一部纪录片，这才催生了《意志的凯旋》。

《意志的凯旋》被认为是电影史上空前绝后的最成功的政治宣传片，可惜的是里芬斯塔尔将她惊人的艺术才华用在了为纳粹的反动宣传服务上。网上流传着一段“北京电影学院教授”的说法，说他“从来不敢把《意志的凯旋》完整地放给学生看，因为看过这部片子后有超过60%的学生成为纳粹的追随者，其余的40%只需再看一遍即可达到同样效果”云云。这在世界反法西斯战争胜利70周年的今天来看，当然是极度过甚其辞的夸张，尽管在1935年的当时，这部影片蛊惑人心的煽动效果确实是令人惊异的。

莱妮·里芬斯塔尔（Leni Riefenstahl）1902年生于德国，美貌，聪明，勇敢，集舞蹈演员、电影明星、作家、编剧、导演、制片人、摄影家、潜水员等身份于一身。因为替纳粹当局拍了《意志的凯旋》和反映柏林奥运会的纪录片《奥林匹亚》（*Olympia*，1938）——这部影片又得了包括威尼斯影展金奖在内的四个大奖，声名如日中天，被视为纳粹特殊的吹鼓手，甚至传说她是希特勒的情妇。

第三帝国倒台的岁月中，她7次被捕，3次被审判。虽然分别由美、法、德先后进行的这三次审判，都判她无罪释放，但她的电影事业毕竟无法持续了。她被人们视为纳粹余孽，处处遭到封杀和白眼，丈夫也和她离婚了。20世纪50年代她到非洲拍摄土著居民努巴人，70年代她隐瞒20岁年龄学习了潜水，在世界各地拍摄海底风光。当她的这些努力再次赢得世人欣赏时，人们对她“纳粹余孽”身份的厌恶渐趋宽容，影片《意志的凯旋》和《奥林匹亚》也被解除禁映，这两部影片如今已在电影艺术史上被公认为经典。

里芬斯塔尔晚年开始写作回忆录，回顾她传奇的一生，85岁那年写完，厚达900余页。目前中国读者可以读到的中译本约59万字，整整600页，但这已经是删节过的版本，篇幅只有原版的三分之二多一点。写完回忆录后，她又活了16年，2003年101岁时方才去世。

在里芬斯塔尔多姿多彩充满冒险的传奇生涯中，她30多岁时那段获宠于第三帝国和希特勒的“辉煌时期”，成为她此后漫长岁月中挥之不去的阴影。她的名言“不要因为我为希特勒工作了七个月就否定我的一生”，既是一个告白，更是一种祈求。

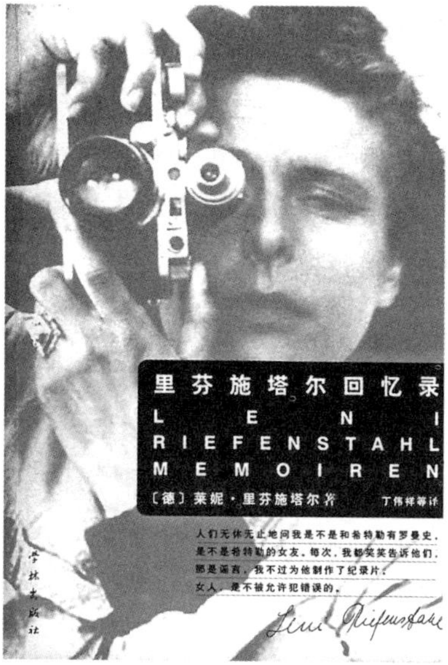

《里芬施塔尔回忆录》

在里芬斯塔尔的多重身份中，作为作家她的成就可能相当一般。从中译本来看，《里芬斯塔尔回忆录》基本上就是平铺直叙，在技巧上乏善可陈。不过由于她当年是希特勒和纳粹高官们的座上宾，所接之人，所历之事，随处都可耸人听闻不同凡响，不是富于八卦色彩的史料，就是富有史料价值的八卦，所以对写作技巧可以不必再用心讲求。限于篇幅，下面姑举一例以见一斑。

拍摄《意志的凯旋》时，纳粹的政要们纷纷向希特勒要求，希望自己能够在影片中露脸并卖弄一下自己部门的“贡献”，而里芬斯塔尔从艺术上考虑不肯答应他们的要求。希特勒居然放下身段来协调此事，他向里芬斯塔尔建议，由他自己带着政要们到摄影棚，让政要们挨个在镜头前讲几句话，“每个人都有爱虚荣的一面，……我这是想帮助您”，希特勒“苦口婆心”地劝说她。谁知里芬斯塔尔耍起小姐脾气，跺脚拒绝，一下惹恼了希特勒，要她“别忘了站在您面前的是谁”，拂袖而去。此事如何收场，里芬斯塔尔没说，不过看来她最后还是服从了，因为从影片中看，政要们确实如希特勒建议的那样挨个露了脸，每人还都慷慨激昂地说了几句假大空的豪言壮语。

需要注意到的是，里芬斯塔尔这部回忆录是在第三帝国灭亡40多年后才写成的，书中涉及的人物大都已经作古，所以书中许多细节的真实性是难以验证的。比如在她笔下，《意志的凯旋》和《奥林匹亚》都是由于希特勒强迫命令，她百般推辞不掉，才被迫接下任务负责拍摄的。但是从常情常识出发，想想彼时彼地的情境，那时纳粹主义和希特勒正让千千万万德国人神魂颠倒五体投地，里芬斯塔尔哪里那么容易众醉独醒？再想想作为电影导演，“极峰”特别委任，一路绿灯全国配合，无限资金任她调用，有几个导演拒绝得了这样的诱惑？诚如黑泽明所言，“人性中的虚饰，到死都难免”，里芬斯塔尔恐怕亦难幸免。

《里芬斯塔尔回忆录》，［德］莱妮·里芬斯塔尔著，丁伟祥等译，学林出版社，2007年1月第1版，定价：39.80元。

百年重读《西方的没落》

整整 100 年前，寂寞的辞职中学教师奥斯瓦尔德·施本格勒(Oswald Spengler，1880～1936)，在慕尼黑一间小破屋中，两耳不闻窗外事，一心一意撰写他的传世巨著《西方的没落》。窗外是第一次世界大战的连天炮火，他生活拮据，衣食不周，冬天供暖也没有保障。多亏了他身体一直不好，两次应征入伍都被退回，否则他有很大的概率像一条狗那样死在前线肮脏泥泞的战壕里。

施本格勒出身平民，但受过较好的教育，先后在慕尼黑大学、柏林大学读书，24 岁在哈雷大学拿了博士学位。30 岁那年他继承了一笔算不上丰厚的遗产，可以让他维持生计，于是他第二年便辞职隐居，开始撰写《西方的没落》。一个在学术界名不见经传的年轻人，忽然写起这样的大书，当然会让人感觉很不靠谱，第一卷“形式与现实”几经周折，才于1918年在维也纳出版，初版仅印1 500册。

但是《西方的没落》总是让我联想到中国两千年前一首著名歌谣——李延年《佳人歌》中的句子：“北方有佳人，绝世而独立，一顾倾人城，再顾倾人国。”《西方的没落》第一卷问世之后很快引起轰动。一个年轻作者，居然睥睨一世，议论纵横，眼界高，思想深，口气大，顿时迷住了各界读者。一时上至政要，下及平民，都在谈论《西方的没落》。学术界的衮衮诸公则照例出来指摘书中有许多硬伤之类。那时施本格勒血气方刚，他再接再厉，于1922年推出第二卷“世界历史的透视”，并推出了第一卷的修订版。两卷出齐，正合一顾再顾之旨，一部经典作品从此流传世间。

《西方的没落》

《西方的没落》堪称煌煌巨著，中译本两卷达150万字。这当然不是一本通常意义上的历史著作。施本格勒继承了前辈如黑格尔《历史哲学》、布克哈特(J. Burckhardt)《世界历史沉思录》之类著作的浩大文风，神游万里，思接千年，指点江山，激扬文字，论述起来根本不拘泥于编年和史事。如果一定要将它归类于历史著作，那也只能是“史论”而非“史学”。而施本格勒自己对此书的定位则是：“我还是可以自认并骄傲地称其是一种德国哲学”——是哲学而非历史。也可以说，历史只是他哲学沉思的对象，或者说是文化研究的对象。

《西方的没落》这个书名铿锵有力，夺人眼球，极具耸人听闻的效果。其实施本格勒并不是要扮演预言家，预告西方的没落。用他自己的话说，他是要“预断历史”。但是“没落”到底是什么意思呢？用大白话来说，施本格勒只是指出，世间所有的文化或文明都是有生命的，都有生老病死，西方文化也不例外，所以他只是断言“西方终将没落”。

施本格勒不用所谓“史学家的严谨”来表达他的思想，事实上他的那些思想也只适合用文学的语言来表达。在行文中，他几乎不作任何“论证”，只是干脆利落地给出一个又一个的“论断”。这使他的书读起来渊博浩瀚，酣畅淋漓。例如他认为在“文化”阶段是创造的，继之以“文明”阶段则是反省和物质享受的，所以结局只能是没落。施本格勒认为，西方的这种没落过程会持续几个世纪。

施本格勒在书中表白说，是歌德给了他“方法”，而尼采给了他“质疑的能力”。不过对于这种话，通常都不能太当真。他研究历史的方法是所谓“观相学”，这又被他称为“世界历史形态学”，大体上有点类似中国古人的“见微知著”。事实上，在中国春秋战国时代留下的《左传》《国语》《战国策》等书中，就有许多古人见微知著，即根据某些具体现象而对国政乃至国运作出判断的事例。

施本格勒抛弃了欧洲中心主义的历史观，他将这样的历史观称为“历史的托勒密体系”。而他“不认为古典文化或西方文化具有比印度文化、巴比伦文化、中国文化、埃及文化、阿拉伯文化、墨西哥文化等更优越的地位”，这种较为平等、多元的历史观被他喻为“历史领域的哥白尼发现”。

他还试图为各种文化寻找玄之又玄的“原始象征”，例如：古典文化的原始象征是“就近的、严格限定的、自足的实体”，西方文化的原始象征是“纯粹而无穷的空间”，阿拉伯文化的原始象征是“世界洞穴”，古埃及文化的原始象征是“道路”，俄罗斯文化的原始象征是“没有边界的平面”，而中国文化的原始象征则是“道”。

他对阿拉伯文化似乎情有独钟，在第二卷的14章中居然独占了3章的标题。对于中国文化他谈得很少，却注意到“在周朝初期，有对于冥界诸神和男性生殖器的崇拜；有各种神秘宴饮的仪式，在那里祭神与狂喜的集体舞蹈如影相随；有神灵与女祭司之间模拟性的表演和对白”。作为一个终生未娶的男人，他在书中也说了一些诸如“男人创造历史，女人就是历史”、“女人的策略永远都是征服男人”之类的老生常谈。

《西方的没落》第二卷最后一章是“经济生活的形式世界(B)机器”，这一章被有些学者认为是虎头蛇尾草草了事的一章，其实未必。施本格勒似乎已经隐约感觉到了半个世纪后尼尔·波兹曼(N. Postman)所哀叹的局面必将出现——文化向(由机器所表征的)技术投降。全书以古罗马经典作家塞涅卡(L. A. Seneca)的名言作为结尾：“愿意的人，命运领着走；不愿意的人，命运拖着走”(Ducunt Fata volentem, nolentem trahunt)，充分表达了施本格勒对西方文明这种宿命的无可奈何之感。

百年之后重读《西方的没落》，着实让人别有会心。西方看来真的是在没落了，而且没落的时间很可能比施本格勒预断的更早——施本格勒明确说过：西方的没落“将占据未来一千年中的前几个世纪，但其没落的征兆早已经预示出来，且今日就在我们周围可以感觉到”。考虑到这是100年前的预言，还真有点先哲风范。

唯一的问题是，在施本格勒写书时看上去早已“没落”成为定局的中华文明，居然奇迹般重新振兴，而且隐然已有再度如日中天之势。在施本格勒看来，所有文明都有生老病死，概莫能外，但中华文明已经持续了五千年，这一点毕竟是所有其他文明都未曾做到的，面对这一文化特例，或文明异数，施本格勒若泉下有知，会不会重新建构他的理论框架?

《西方的没落》(两卷全译本)，[德] 奥斯瓦尔德·施本格勒著，吴琼译，上海三联出版社，2006年10月第1版，定价：99.80元(全二册)。

会聚
文丛

《遇见》　　龚　静 著

《流水账》　　陈思和 著

《读史杂说》　　毛佩琦 著

《微风拂书》　　周立民 著

《时间在里面》　　张新颖 著

《清贫的诗意》　　蒋　蓝 著

《美丽的抉择》　　邵　丹 著

《脉望夜谭(增订版)》　　江晓原 著

《我心依然——读写鲁迅》　　黄乔生 著

《风雨雪雾回故乡：印象与提问》　　周　毅 著